미우나
고우나
내 인생

손현녕

편애하는 샤이 독자님에게,

우당탕탕 우리 인생!

　　나는 내 삶을 미워한 적이 많았다. 가령 독자님들과 함께한 북토크 자리에서 다수의 사람들이 좋은 시간이었다고 말해도 한 두 사람의 반응이 별로라고 느껴지면 그 북토크 시간은 망한 거라고 스스로를 내몰았다. 공을 들여 만든 책에 대해서도 그렇다. 나의 작업물을 좋아해주시는 분들에게 죄송할 만큼 나는 사실 칭찬과 호의를 쉽게 받아들이지 못 했다. 남이 보면 꽤 괜찮은 인생이라는데 나는 내 삶 속에 미운 것만 콕 짚어 그것이 내 인생의 전부처럼 굴었다. 밉기만한 내 인생.

　　그래서 글을 쓰기 시작했다. 도통 스스로를 이해할 수 없고, 밉고 불안하고 두려워서 이대로 가다간 내가 나를 죽일 것 같았다. 마지막 발악이었을 것이다. 되고 싶었던 학교 교사는 마음처럼 되지 않았고 늘 평온에 이르고 싶어 했던 마음과 다르게 자주 가슴이 답답하고 숨이 제대로 쉬어지지 않을 때가 많았다. 이미 마음은 지쳤고 다 포기하고 싶다고 신호를 보내는데 그 역시 가엾게 바라보지 못할망정 스스로를 탓했다. 나는 미운 것, 미운 삶이라고.

정말 밉기만 했을까. 내 삶이 칠흑 같은 어둠과 똥색으로 칠갑된 밉기만 한 것이었을까. 나를 마주할 용기가 생겼을 쯤, 나는 추상적이고 뜬구름 잡는 말들보다 구체적으로 자아낼 수 있는 내 삶의 이야기를 적어보고 싶었다. 잡히지 않고 둥둥 떠다니는 감정들을 나열하면 그것은 결국 부정적인 것으로 끝날 때가 많았기 때문에 오히려 내가 겪은 일들의 사실만을 가감 없이 써내려가고 싶었다. 그럼 적어도 노란색, 분홍색, 하늘색이 한 줄기 정도의 빛으로 발했던 순간이 있지 않을까 하고 말이다.

헬스장에서 만난 남자, 학교 기간제 강사를 하며 아이들과 있었던 일, 친했던 친구와 갑자기 멀어지게 된 일 등 구체적인 나의 일상 속 이야기를 차분히 적고 보니 나는 얼마나 내 삶을 외면하고만 살았는지, 그리고 그것이 얼마나 나 스스로를 외롭게 했었는지 느낄 수 있었다. 사실은 내 삶이란 미운 적도 있었지만 곱디 고운 날들도 많았던 것이다. 어두운 똥색이 있었다면 찬란한 진분홍색도 있었단 말이다. 그래서 지금껏 힘든 것과 살아남기 위해 이 악물고 버틸 수 있었던 것은 아닐까.

미우나 고우나 내 인생이다. 살아내야 하는 인생이다. 이 책은 다채로운 내 일상의 단면이 글로 엮여있다. 결코 적막만이 남은 삶은 아니었다는 것을, 미운 구석만 보려고 했던 자신을 반성하며 글을 썼다. 여러분의 인생 역시 넘어지고 부딪히고 다신 못 일어날 것만 같다가도 또 다시 무언가를 이루고 세상을 가진 것처럼 행복한 때도 있으시리라 믿는다. 그렇게 미우나 고우나 내 인생, 우당탕탕 우리 인생! 마지막까지 포기하지 않고 껴안은 채, 자기의 삶을 편애하며 살아갈 수 있기를 바란다.

2023. 03.
손현녕

목차

1부

2부

3부

4부

1부

혼자일 때도 괜찮고 누가 함께할 때도 괜찮은 삶이었으면
한다. 친구도 좋고 연인도 좋다. 있으면 있는 대로 좋고, 없으
면 없는 대로 좋은 인생이다.

O

내 마음을 누구한테
줄지 잘 고르세요 🏋

같은 헬스장을 같은 시간대에 꾸준히 다니다 보면 얼굴
이 눈에 익은 사람들이 생긴다. 서로는 서로의 존재를 분명히
인식하고 있어서 '오? 오늘 저 사람 하체 하는 날이네.' 같은 내
적 친밀감을 혼자서 쌓을 수도 있다. 물론 나처럼 타인에 관심
이 많고 오지랖 넓은 사람의 경우에 한한다. 그러다 운동기구
를 다 썼는지 차례를 묻기도 하면서 서로 말을 트게 되거나 간
단한 묵례 인사를 하고 지내기도 하는데 그렇게 알게 된 헬스
장 그 남자는 다시 한번 내 마음을 들여다볼 시간을 선물해주
었다.

흔히 말하는 '헬창'. 그 남자를 보면 그 단어가 떠올랐다.
그는 하루 한 끼는 반드시 닭가슴살을 먹었다. 그리고 운동을

하는 시간만큼은 지금 여기에서 죽어도 여한이 없다는 듯 모든 힘을 다 쥐어짜 근성장에 집중했다. 애써 만든 근육을 다 가려버리는 지방이 싫어서인지 라면처럼 몸에 좋지 않은 음식은 먹어본 지가 2년이 지났다고 했다. 그의 그런 의지력이라면 세상 그 어떤 것도 이룰 수 있을 것 같았다. 나는 유혹에 빠지기 쉬운 사람이고 잘 무너짐과 동시에 잘 포기하기도 하므로 나와 반대인 그를 존경하지 않을 수가 없었다. 내가 가지지 못한 걸 가진 사람을 볼 때 옆에서 많이 배우고 닮아갈 수 있어서 지켜보는 것만으로도 경외심이 든다.

나는 살면서 운동을 꾸준히 해본 경험이 없었다. 깔짝거리기 좋아하는 수준에서 요가를 하고 필라테스, 달리기, 클라이밍도 해봤다. 아, 수영도 해봤고 크로스핏도 했다. 이 정도면 '부산시 대표 깔짝'으로 선발되어도 무방하겠다. 그래서인지 하나의 운동을 꾸준히 습관처럼 하는 사람을 보면 나는 무조건 덮어놓고 존경했다. 꾸준함과 성실함을 이길 수 있는 건 잘 없으니까, 그 하나만으로도 어느 정도 그 사람의 끈기를 증명할 수 있어서 더욱 좋게 포장하여 사람들을 바라봤었다. 그 남자는 역시 나에게 그런 존재였다. 하루하루 운동을 하면서 느꼈지만 저만큼 근육을 만들기 위해 보내야 하는 인고의 시간이 얼마나 많았을까 공감이 가면서 존경과 호감은 더 커졌으리라.

　그 사람에게 내가 가진 경외심, 존경하는 마음이 잘 전달되어서였을까. 그 남자는 점차 친해지면서 내가 하는 운동을 도와주고 싶어 했다. 전문 트레이너는 아니지만 10년간 다져진 운동 노하우를 알려줄 수 있다며 먼저 손을 내밀었다. 얼마나 고마운 제안인가. 주머니 사정 때문에 제대로 배워보고 싶어도 PT 등록이 망설여졌는데 날 더 나은 길로 이끌어줄 사람이 생겼다는 게 복권 당첨이라도 된 듯 기뻤다. 그러면서도 동시에 의구심이 들었다. 사람 간의 일에 절대로 공짜가 없을 텐데 '이 사람은 왜 아무 대가 없이 이렇게 나를 도와준다고 할까? 꿍꿍이가 뭘까? 앗! 혹시… 나를…?'

　그는 자신의 운동 시간 외에 따로 시간을 내어 운동을 지도해주었다. "사람들 중에 여자는 무거운 무게 잘 못 든다, 너무 무게를 많이 들면 몸이 우락부락해진다고 아는 사람들 있는데 전혀 그렇지 않아요. 초등학생도 자기 몸무게만큼은 들 수 있어요. 그러니까 현녕이도 이 무게 들 수 있어요. 겁먹지 마요." 그의 그런 말에 괜히 오기도 생기고 그의 앞에서 나도 할 수 있다는 마음이 들었다. 하루빨리 멋진 몸을 만들어서 증명해 보이고 싶은 마음도 있었을 것이다.

그와 함께 운동을 시작하고 한 달, 두 달 서서히 몸은 눈에 띄게 변했다. 그런 나 스스로에게도 놀랐지만 그 사람에 대한 고마움을 빠뜨릴 수 없었다. 온종일 내가 뭘 먹고 있는지, 배가 많이 고플 때는 어떤 음식을 먹으면 좋은지, 골격근량이 잘 늘지 않아서 고민일 때 어떤 마음으로 임해야 하는지 운동, 식단, 멘탈까지 모두 옆에서 관리를 해준 그 남자 덕분이었으므로 가만히 받고만 있을 수 없었다. 그래서 운동하는 날마다 꾸준히 뭔가를 작게나마 준비해서 선물을 했다. '이게 맛있더라구요.' 하면서 빵을 내밀고 '이거 읽어보니 좋더라구요.' 하면서 좋아하는 책을 선물하고, '이거 써보니 좋더라구요.' 하면서 그렇게 내 마음을 내어주듯 자꾸만 무언가를 그에게 주었다. 그때는 몰랐다. 내 마음을 누구에게 줄 것인지 사람을 잘 골라야 한다는 걸.

그가 온종일 생각이 났다. 그래서 친구들을 만나면 그 사람에 대한 이야기를 하고, 그 사람이 나에게 관심이 있는 걸까 궁금해서 다른 사람에게 확인을 바라기도 했다. 헬스장에서 만나 운동할 때 눈이라도 마주치면 심장이 쿵쾅거려 운동에 집중

할 수 없었다. 헬스장에 도착하자마자 내 눈은 그 사람이 있는 지 찾고, 그가 없으면 아쉬움에 그가 오기를 기다리며 계획에 없던 운동을 더 하는 날도 있었다. 그렇게 그에게 운동을 배운 지 삼 개월쯤 시간이 흘렀다. 이제는 헬스장에 사용하는 대부 분의 기구를 혼자 사용할 줄 알고 스쿼트나 데드리프트 같은 맨몸 운동의 자세도 어느 정도 감을 익혔을 때였다. 운동에 재 미도 붙었고 습관이라는 것이 만들어졌을 때 그는 갑자기 청천 벽력 같은 말을 했다.

"현녕, 제가 가르쳐 줄 수 있는 건 이제 다 가르쳐줬어요. 혼자서도 잘 할 수 있을 것 같아요. 내일부터는 혼자 해봐요. 알 겠죠? 늘 응원해요. 그리고 저 다음 주에 네덜란드로 떠나요."

매일같이 뭘 먹었는지, 몸 상태는 어떤지 묻고 헬스장에 가면 함께 운동을 했던 사람이 하루아침에 사라진다고 생각하 니 어두컴컴한 밤에 옆에 있던 친구가 사라져 혼자 덩그러니 남은 것같이 무서웠다. 마치 이별을 겪은 사람처럼 마음 한구 석이 휑- 하니 구멍이 난 것처럼 그제야 자꾸 뭔가를 그 사람에 게 선물했던 내가 떠올랐다. 하나씩 하나씩 옮겨 주던 내 취향 의 그것들은 사실 그저 선물이 아니라 내 마음을 조금씩, 조금씩 옮겨 전해주었던 것 아니었을까. '아, 나는 이 사람을 좋아하고 있었구나.' 댕! 하고 머리에 종소리가 들렸다.

그래, 이제 이 사람을 자주 만나지 못하더라도 그간의 정성을 이렇게 지나칠 수 없겠다 싶어 마지막을 장식할 선물을 해주고 싶었다. 나는 작은 사탕 하나 그 마음의 가치가 사탕 이상으로 크다고 생각한다. 아무리 현금이 좋다고 하는 세상이지만 현금으로는 가치 매길 수 없는 것이 있다. 상대에게 필요한 것이 무엇일까 오래 고민하고, 물건을 고르고 포장을 하는 그 시간까지 값어치로 매길 수는 없는 것이기 때문이다. 나는 그를 위해 선물을 고르고 작은 엽서를 써서 포장을 하며 서서히 내 마음의 크기를 가늠할 수 있었다. '정말 이 사람을 좋아하고 있었구나. 아니, 그게 아니더라도 이게 PT로 치면 얼마짜린데 이 정도 성의는 아무것도 아니지. 내가 받은 게 있으니 당연히 해야 하는 거니까.'

마음을 누르고 눌러 담아 고마움을 전하기 위한 만남을 기다렸다. 처음으로 헬스장이 아닌 곳에서 단둘이 만나는 시간. '이 사람은 왜 아무 대가 없이 나를 도와줬을까? 나에 대한 이성적인 호감일까? 그렇다고 하기엔 운동이나 식단 이외 나에게 사적으로 궁금한 건 하나도 없어 보였는데, 내가 보고 겪은 사람들 대부분은 누군가를 좋아하면 그 사람의 일상을 궁금해하던데... 아니 그럼 나한테 관심이 없는데 왜 자기 시간과 정성을 들여 나를 이렇게 도와줬을까?' 수만 가지 생각이 지나갔다. 그의 의중을 궁금해하면서 우리가 만날 약속 장소에 도착했다. 한 아름 선물을 손에 들고서 떨리는 마음을 가득 안고.

그가 도착해서 내 앞에 섰다. 그리고 나를 가만히 내려다보았다. 그는 헬스장에서 보던 모습과 사뭇 달랐다. 분명 같은 사람인데 어딘가 차가워 보이기도 했고 말로 형용할 수 없는 독특한 분위기가 느껴졌다. '어? 같은 사람 맞나? 사람이 이렇게까지 다를 수 있나?' 싶을 정도로 말이다. 환경이 바뀌어 어색함을 느낄 수도 있으니 나는 얼른 준비해 간 선물을 내밀고 그간 고마웠다며 정중히 감사 인사를 전했다. 그리고 다짜고짜 그간 궁금했던 걸 그에게 묻고 말았다. "왜 아무 대가도 없이 그렇게 저를 도와주셨어요?"

그러자 그는 말을 돌리며 갑자기 다른 이야기를 하기 시작했다. "저기 내가 재밌는 이야기 하나 해줄까요? 작년 크리스마스에 있었던 이야기인데요."라고 운을 뗐다. 이게 갑자기 무슨 뜬금없는 이야기일까. 내가 물은 질문에 도망가고 싶어서 말을 돌린 건가. 하지만 그가 이어서 나에게 들려준 이야기는 나로서 충격적이지 않을 수 없었다. 그리고 계속해서 이어진 우리 대화는 내 마음이 너무도 쉬웠고 어딘가에 가서 닿아야만 하는 기생식물 같았음을 깨닫게 하였다.

(다음 화에 이어서)

내 마음을 누구한테
줄지 잘 고르세요 ☞

"저기 내가 재밌는 이야기 하나 해줄까요? 작년 크리스마스에 있었던 이야기인데요." 나는 그 뜬금없는 이야기에 당황한 얼굴로 그를 바라봤다. '아니, 그래서 잠시만요. 하던 이야기는 끝내야죠. 아무 대가도 없이 저를 왜 시간과 정성을 들여 도와주셨냐고요. 그 의도가 저는 너무도 궁금하다니까요?!' 라고 소리를 지르고 싶었으나 자기만의 재밌는 이야기를 들려주기에 앞서 너무도 신나있는 그 사람을 가로막을 자신이 없어 말을 끊지 않고 계속 듣기로 했다.

"현녕, 작년 겨울 눈이 많이 내리던 날이었어요. 기분 좋게 길을 걸어가고 있는데 갑자기 덩치 큰 남자 네 명이 내 앞을 가로막더라고요. 그들은 제 양 팔을 붙잡고 사지를 모두 압박

해서 어떤 승합차에 나를 태웠어요. 그리고 팔이 잠시 따끔 했는데, 주사로 저를 재웠었나 봐요. 눈을 뜨니 창문 너머로 온통 나무가 보이고 저는 어떤 침대에 누워있었어요. 제가 입고 있는 옷을 보고 병원이라는 걸 그제야 눈치챘죠. 도심지에서 한참 떨어진 외곽의 어느 정신병원 폐쇄병동이더라고요. 크리스마스에 그런 일이 일어난 거예요. 하하 재밌죠?"

싸늘하다. 가슴에 비수가 날아와 꽂힌다. 이 대사가 그 순간의 나를 그대로 대변하는 듯했다. 등골이 오싹하면서 동시에 나도 모르는 4차원의 다른 시공간에 떨어진 기분이라고 해야 할까. 티를 내지 않으려 애썼는데 적잖이 당황한 내 모습을 완전히 숨길 수는 없었을 것이다. 그래서 그는 쉴 틈 없이 이야기를 이어갔을지도 모른다.

"부모님이 저를 가두셨더라고요. 당황스럽고 어이가 없었어요. 현녕, 우리가 살면서 듣는 불가사의한 일들 있잖아요? 남들은 전혀 믿지 않는 그런 이야기들. 저는 사실 그런 걸 정말 그 폐쇄병동에서 직접 겪고 보았어요. 여전히 그때의 기억이 진짜라고 저는 믿어요. 현녕이는 폐쇄병동에 갇혀본 적 없죠? 거긴 보안이 아주 철저해요. 그래서 함부로 나갈 수도 없어요.

나가려면 열쇠가 필요하죠. 어라? 그런데 제 앞에 지나가는 간호사 호주머니에 열쇠가 보였어요. 그 간호사에게 친한 척 인사를 하며 다가가서 슬쩍 호주머니의 열쇠를 꺼내 챙겼어요. 그리고 저는 그 길로 병원을 달아났죠. 너무 추운 겨울이었어요. 사방을 둘러봐도 사람 한 명 지나가지 않는 그런 시골 숲속이었거든요. 길을 따라 계속 걸었어요. 얼마나 걸었을까요. 더이상 못 걷겠다 싶었을 때 차 한 대가 저 멀리서 다가오더라고요. 얼른 손을 내밀어 히치하이크를 했죠. 다행히 그들은 저를 태워주더라고요."

"음, 오빠 그런데 환자복 입고 있지 않았어요?"

"아? 아~ 제가 미리 사복을 챙겨 둔 게 있었어요. 아무튼 현녕, 얼마나 추웠는지 몰라요. 차를 얻어 타고 저는 강남역에 내려달라고 했어요. 주말 저녁이었는데 사람이 엄청 많더라고요."

"정말요? 그래서 오빠는 강남역에 내려서 어디로 갔어요? 뭘 했어요?"

"모르겠어요. 그냥 여기저기 돌아다녔던 것 같아요. 친구들도 만났던가? 근데 다시 눈 떠보니 병원이었어요."

"네? 어떻게 병원으로 다시 가게 됐어요?"

"음… "그는 잽싸게 다른 말을 돌리려고 했다. 나는 자꾸만 등골이 오싹했다. 공원 벤치에서 이야기를 나누고 있었는데 어느덧 밤이 깊어 사람도 몇 지나다니지 않았다. 집에 빨리 가야겠다는 생각과 동시에 이 사람의 병명이 뭘까 궁금하고 또 다른 이야기에 대한 호기심도 일었다. 내 마음이라도 읽은 것인지 그는 이어 자기가 살아온 이야기를 덧붙였다.

"원래는 제가 건축을 전공했어요. 2학년이 되었을 때 휴학을 하고 집에서 철학 서적을 많이 읽었는데요. 철학이 재밌더라고요. 그때부터 이책 저책 할 것 없이 많이도 읽었어요. 그런데 읽다 보니 이 어지러운 세상을 구원할 마스터 플랜이 딱 그려졌어요. 정말 저는 여전히 믿고 있어요. 제가 가진 그 계획을 실현만 하면 이 사회의 모든 문제가 해결될 수 있는 거거든요. 그래서 생각했죠. 뭔가를 움직이려면 나라의 대표들을 만나야겠다고. 그래서 저는 문재인 대통령과 트럼프 대통령, 시

진핑 주석을 한 자리에 모아서 이 마스터 플랜을 꼭 공유하고 싶었어요. 그런데 각국 대표와의 자리를 주선하려고 애쓰던 때에 제가 병원에 들어가시게 된 거죠. 그래서 그게 잘 안됐던 거예요. 너무 아쉬워요."

"아… 그 마스터 플랜, 그러니까 그 계획이 뭔지 저도 알 수 있을까요?"

"현녕이가요? 이해할 수 있을까. 그것보다 저는 이제 제 삶에 집중하려고요. 저는 제 삶의 목표가 뚜렷해요."

"아, 그래요? 어떤 목표가 있으신데요?"

"음 저는 일단 나이대별로 목표를 세워뒀어요. 한 가지 직업으로만 평생 살기엔 인생이 너무 아깝잖아요? 그래서 삼십 대에는 건축가로서 인생을 살아보고 싶어요. 그리고 사십 대가 되면 이 세상에 그 누구도 만들지 못한 어떤 콘텐츠로 크게 사업을 할 거예요. 그렇게 번 돈으로 오십 대에는 정치를 할 거예요. 명예까지 얻고 나면 육십 대에는 종교를 하나 만들까 해요. 저는 이런 인생의 목표를 떠올릴 때마다 심장이 두근거리고 설레요. 현녕이도 그런 꿈이 있나요?"

"예? 예… 저는 그냥 지금, 여기에서 현재를 열심히 사는 것이 제 지향점인데요. 많은 욕심이 없어요. 지금 당장의 일도 버거울 때가 많아서요. 그리고 그렇게 멀리까지 내다보며 살 깜냥도 되지 않고요."

그와 그렇게 함께 앉아 있은 지 세 시간밖에 지나지 않았는데 나는 너무도 짜게 식은 내 마음을 느꼈다. 분명 이 남자를 만나러 오는 길은 심장이 터질 것만 같았는데 단 세 시간도 지나지 않아 나는 뭔가 잘못되었음을 깨달은 것이다. 참 간사하다. 내 마음이 이렇게 변할 것을 염두에 두지 않고, 잘 모르는 누군가에게 마음을 줘버린 것이 애통하기까지 했다. 내 앞에서 그 멋있는 외양을 하고 도무지 이해되지 않는 말들을 쏟아내는 그 사람이 안타까운 마음도 컸다.

그 남자와의 만남은 그렇게 끝이 났다. 이제는 그 남자가 내 운동을 왜 도와줬었는지, 그리고 갑자기 그걸 그만둔 이유는 무엇인지 조금도 궁금하지 않다. 그만의 이유가 있었을 거라 생각하고 그냥 흘려보내기로 했다. 그 뒤에 남은 것은 내 마음이 향하는 속도와 방향에 대한 의심이었다. 친구는 어느 날 그런 말을 했다. "내 마음을 줄 때 어떤 사람한테 줄 건지 잘 골라서 줘야 한다." 그게 이성이든 동성이든 그 어떤 관계에서건 나는 너무도 마음이 쉬웠다. 귀한 줄 알면 자연히 아끼게 된다. 소중하고 더럽혀지기 싫으니까. 외로워서 그랬을까, 사랑이 고파서 그랬을까.

단단히 땅에 박혀 있어야 할 뿌리가 덩그러니 바깥에 나와 있다. 어디에 뿌리 내릴 수 있을까 엿보다가 잘 모르면서 함부로 마음을 내주기도 했다. 글을 쓰는 사람에게 그런 일의 연속은 좋은 에피소드 감이라 기뻐해야 할 일일지도 모르겠다. 내 마음은 이제 또 누구에게 주기가 겁이 난다. 아니, 또 잘 모르는 곳에 뿌리 박혀 땅을 잘못 만났다며 썩어갈 뿌리가 겁난다. 주고 나면 잘 돌아와지지 않아서 마치 잘못 던진 부메랑처럼 돌아오지 않고 다른 곳에 내던져져 길을 헤매고 있을 것이다. 이제 양지바른 곳에 가서 잘 뿌리 내리고 싶다. 나에게도 그런 날이 올까.

O

좌절은
분노가 되기도 하지

감정은 하나하나 따로 떼어놓고 보면 제각각인 것처럼 보여도 그것들은 힘이 모두 닿아있어 금세 얼굴을 달리한다. 기쁨과 환희는 차갑게 식어 어느새 허탈과 무력이 되기도 했고 상대에게 느낀 슬픔은 연민이 되었다가 지레 나에게 그런 일이 생기면 어쩌나 걱정으로 변할 때도 있었다. 그 가운데 사람을 가장 힘들게 하는 감정은 좌절이 분노의 형태로 그 색을 달리하는 경우가 아닐까.

당근 마켓 유저가 1,900만 명이라 한다. 대부분 한 번쯤은 당근 마켓에서 물건을 검색해 보았고 버리기 아까운 물건은 판매해보기도 했을 것이다. 물건을 팔고 사는 공간에서 이제는 같은 동네를 사는 사람들끼리의 커뮤니티도 만들어졌다. 그 가운데 [도서 추천]이라는 제목의 커뮤니티가 있었고 곧바로 이끌리듯 그 방에 들어갔다. 방장을 비롯하여 서너 명의 사람들이 모여 이런저런 책과 사는 이야기를 나누게 된 것이다. 각자의 나이와 출신 성분을 밝히고 우리는 미혼과 기혼의 여부까지 구구절절 터놓았다. 나와 같은 나이의 기혼이라 밝힌 여성이 있었는데 유독 그녀는 책과 영화에 관심이 많다고 했다. 요즘 어떤 책을 읽는지, 어떤 영화는 시간이 아까웠다든지 그런 이야기를 나누던 어느 날, 나는 글쓰기 모임에 다녀온 터라 하루 있었던 일을 이야기하게 되었는데 그녀가 나의 글쓰기 모임에 꽤 큰 관심을 보이는 것이다. "혹시 그 글쓰기 모임에 추가 인원도 받으시나요?" 이미 인원이 모두 찬 모임이라 새로운 사람을 받기가 어려울 것 같다는 의사를 전했는데 그녀는 꽤 아쉬워하며 말을 이어갔다. "제 친한 친구가 시를 쓰는데 부산 시내에 시 쓰는 모임이 잘 없어서 찾고 있더라고요. 아쉽네요." 나는 그 문자를 읽자마자 번뜩 J가 떠올랐다.

J는 내 인생의 격동기에 나타나 나를 쥐고 흔들어 놓았던 사람이다. 실로 그랬다. 나의 이십 대 중반은 두려움과 불안, 눈물과 초조로 점철된 순간들이 많았다. 무엇이 그토록 두려웠을까. 보이지 않고 잡히지 않는 미래에 대한 불안으로 하

루하루 힘겹게 싸워갈 때 그 친구의 존재만으로 나는 든든했으니까. 어디에도 기댈 수 없었던 나는 그 친구 옆에서라면 그 어떤 이유와 답이 없어도 세상을 살아낼 수 있을 것만 같았다. 그런 J는 화려한 본업 뒤에서 매일 시를 썼다. 등단을 목적으로 쓰는 J의 시는 그의 살갗이 드러나듯 내밀하고 농밀했다. 자주 툭 말없이 시를 보내주며 자신이 시를 쓰고 그것을 보여준다는 게 스스로 부끄러워서 아무에게나 잘 보여주지 않는다는 말을 붙였다. 나는 꽤나 어깨가 으쓱했다. 관계에 있어 한 사람만 헌신하고 마음을 다하는 건 불행하다고 생각했으니까. 내가 이 관계에 애정을 두는 만큼 이 사람도 나를 그렇게 생각해줬으면 하는 마음이 드디어 통했다는 증표를 J가 시를 보낼 때마다 되새김질했다.

　　그래서 당근마켓의 그녀가 시 모임을 찾는다는 말에 나는 J를 떠올리지 않을 수 없었던 것이다. "세상에! 제 친구 중에도 시를 쓰는 친구가 있어요. 등단을 목표로 쓰는 친구인데 역시나 부산에 시 쓰는 모임이 잘 없나 보군요! 우리 그 두 친구를 서로 이어주면 어떨까요?"

나는 조금 신이 난 마음에 J에게 메시지를 했다. 지금 네가 그토록 찾던 시 쓰는 모임을 내가 만들고 있다고, 게다가 너처럼 등단을 목표로 하는 사람이니까 꽤 괜찮은 모임이 될 것 같다고. 그러자 J 역시 굉장히 들뜬 마음으로 아주 좋다며 고마워했다. 그렇게 두 여자의 환상적인 오지랖이 빛을 발하는 순간, 당근의 그녀가 말했다. "그 친구분은 혹시 몇 살이세요? 어디에 사세요? 설마 같은 사람은 아니겠죠?" 나는 '설마, 세상이 그렇게 좁을 리가 있나.' 하며 "에이, 설마요, 제 친구는 여기 이 동네 사람이 아니라 서울 사람이고 일 때문에 여기 내려와서 일을 하고 있어요." 그러자 그녀는 잠시간 답이 없었다. 그리고 동시에 두 사람에게서 메시지가 왔다.

J : 야, 지금 니가 이야기하고 있는 그 사람, 내 친구다. 연락 왔네. 이게 대체 무슨 일임?
당근의 그녀 : 혹시 그 친구분 성함이 J 맞나요?

그녀와 내 친구는 각자 다른 대화창에서 나를 붙잡고 한참을 웃어댔다. 이렇게 세상이 좁을 수 있냐고 어쩜 이런 일이 있을 수 있는지 정말 시를 쓰는 사람이 드물긴 하나 보다며 그렇게 한참 동안 깔깔거리며 웃어대는 그들은 보았다. 그런데 너무 이상했다. 나는 그게 하나도 웃기지가 않고 그 상황을 어떻게 받아들여야 할지 고장 난 컴퓨터처럼 상황을 인식하지 못한 채 버벅대고만 있었다.

나는 어떤 마음이었을까. 나랑만 친했으면 하는 그 친구가, 게다가 나에게만 시를 보여줬을 거라 생각한 내 친구가 널리고 널린 당근 마켓 이용자 한 사람과도 친한 친구이며 그녀에게 역시 시를 보여줬다는 것이 그들과 함께 우스운 해프닝인 양 웃을 수 없는 이유가 아니었을까. 시시하고 보잘것없는 알량한 질투심과 그것마저 스스로도 속 좁아 보이는 일이라 그들에게 표시 내기 어려워서 마음속에 자리 잡은 두 가지 감정에 나는 좌절을 맛보았던 것이다.

"걔랑 친해?"
"응, 친하지"
"어떻게 친구 사인데?"
"뭐, 그냥 놀다가 알게 된 사인데. 걔랑은 4~5년 됐지."
"나랑도 4~5년 됐잖아!"

걔랑은? '은'이라는 보조사는 나머지와 분별을 두는 으로 쓰는 것이니까. J에게 나는 그녀와 분별 되어 한참 뒤라는 통보를 받은 듯했다. 사소한 질투심이 만들어낸 커다란 좌절감. 포옹은 한 사람을 제외한 모두를 배제한다는 릴케의 말이 떠올랐다. 동시에 두 사람을 안을 수는 없을까? 우위가 점 지어지지 않은 평등한 관계란 없는 것일까. 왜 항상 한 사람이 더 많이 사랑하는 관계여야 할까. 그런 좌절감으로 J에게 말을 못 한 채 시간이 며칠 흘렀다. 그사이에 좌절이라는 붉은 감정은 까맣게 더 까맣게 분노로 바뀌어 나는 속으로 자꾸만 J를 미워하게만 됐다. '난 J에게 아무것도 아니었구나. 나만 특별하다고 생각했구나.'였던 좌절이 '나도 너 말고 더 아끼는 친구들 있어. 참나'라는 식의 분노로 자연스레 바뀌어 갔다.

그 녀석은 이상한 낌새를 차렸는지 먼저 운을 떼며 그날의 우리를 다시 테이블 앞에 올렸다.

"너 지금 감정 상한 거 알고 있어. 뭐 때문인지 우리 이야기해보자."

친구의 말을 들었을 때 내가 왜 J를 좋아했었는지, 왜 이 친구와 오래도록 잘 지내고 싶은지 나는 다시 알 수 있었다. 불편한 감정의 침묵은 오해를 만들기 십상인데 어떻게든 꺼내놓고 그것을 바라보자는 친구의 태도가 우리를 이만큼 가까워지게 했던 터였다. 그러고는 구구절절 미주알고주알 엄마에게 하루 있었던 일을 모조리 꺼내놓는 아이처럼 그날의 내 마음을 전했다. 좌절이 분노로 바뀌었던 그 모든 일련의 시간들까지도 모조리 회피하지 않고 나를 가장 앞세우며 꺼내놓았다. J는 가만히 듣다가 내 마음을 이해한다고 했다. 하지만 말도 없이 숨어버린 내 행동에 본인도 기분이 상했으니 사과를 해달라고 하더라. 감정을 재고 따지지 않으니, 서로 간을 보지 않고 솔직함을 무기로 마주하니 싸울만한 일도 없었다. 흉금을 터놓고 나눈 대화는 우리는 그렇게 다시 또 한 장의 신뢰를 만들기 충분했을까. 아니, 이것마저 또 나 혼자 쌓는 커다란 오해의 벽이 아닐지도 모르겠다. 스스로 허물고 스스로 쌓는 희한한 벽. 쌓을 때는 사랑의 벽 같다가도 허물 때는 오해의 벽이라 불리는 그 희한함이 나를 소름 돋게 한다.

어떻게 살지, 어떤 마음으로 사는 것이 맞는지, 지금 살아가는 내 모습이 마음에 드는지에 대한 모든 평가와 결정은 내가 내리는 것이다. 이번 일명 <당근> 일이 있고 나서 나는 내 마음의 비뚤어진 모양도 보았고, 흘러가는 자연스러운 감정의 색깔도 확인할 수 있었다. 그리고 과거의 트라우마에서 여전히 벗어나지 못해 앞으로 있을 좋은 관계까지 걱정하는 사서 하는 나를 발견했다. 그럼에도 '알면 되는 것'이라고, 모르는 주제에 모르는 것까지 남에게 책임을 덮지 않아서 그래도 다행이라 여겼다. 이런 나를 알면 달라질 수 있으니까, 아는 것만으로도 그 릇된 마음 앞에 많이 주저할 수 있으니까 말이다.

O

쫄보의 마음

기세 싸움, 살아가는 일은 어쩌면 이 기세 싸움에서 지지 않고 나를 지켜내는 일 아닐까 한다. 얼마나 대척해야 하는 일이 많은가. 나를 지켜내기 위해 쓴소리도 마다하고 얼굴 붉혀야 할 일은 또 얼마나 많은가. 세상이 나에게 지켜주는 경계도 있지만 내가 나를 세워 만들어야 할 울타리도 있는 법이다. 조금씩 알을 깨고 나오는 햇병아리처럼, 성장하는 사람들을 보면 대견함에 꽉 안아주고 싶다. 그게 바로 나였을 때도 말이다.

독립출판은 1인이 혼자서 책 한 권이 세상에 나오기까지 모든 일을 도맡아 해야 한다. 글을 써서 디자인을 하고, 최종 원고를 인쇄소에 맡겨 책을 찍으면 집 앞에 갓 나온 책들이 구워진 빵처럼 말간 얼굴을 하고 나를 기다린다. 내 자식 같은 그

책들을 한 권 한 권 소중하게 포장해서 서점과 개개인의 독자들에게 직접 배송을 보낸다.

　이날도 여느 날처럼 인쇄소에서 잘 구워진 책이 문 앞에 도착해 있었다. 점심쯤 밖에서 일을 보고 돌아와 집 앞에 도착한 택배를 마주했을 때, 이거 무언가 굉장히 잘못되었음을 알아차렸다. 택배 박스가 물에 몽땅 젖어있던 것이다. 박스 안의 책은 두말할 것 없이 퉁퉁 불어버린 채로 박스는 배가 터질 것처럼 부풀어 있었다. 그런데 이상한 점은 바닥이건 어디건 물기가 하나도 없이 바짝 말라 있다는 것인데 일전에 있었던 복도 바닥에 물이 새서 하자 보수를 했던 기억이 떠올랐다. '아- 복도 바닥에서 또 물이 샜구나! 그래서 보수를 하느라 사람들이 다녀갔구나. 그럼 물기를 다 닦으면서 내 책 박스가 젖은 것도 보았을 텐데, 이걸 연락도 없이 이렇게 두고 갔단 말이지?'

　기세 싸움이 시작되었다. 분명히 내가 손해를 본 일이다. 게다가 처음 일어난 일이 아니라 오피스텔 자체의 결함으로 두어 번 물이 새고 나는 내가 사는 공간에서 불편함을 겪어야만 했었다. 그럼에도 아무 말 하지 않고 넘어갔던 것이 이제는 내 물건에 직접적인 손해를 입었으니 이건 반드시 짚고 넘어가야 할 문제라고 판단했다. 나를 지키는 일은 다른 것이 아니라 이렇게 사소한 것에서 나온다. 누가 봐도 내가 손해를 본 일, 내 물건이 다치고 내 감정이 다치고 내 시간이 허비되는 일에 대해서 상대에게 보상을 바랄 수 있는 힘도 결국 나를 지키는 일이었다.

당장 휴대폰을 들고 집주인에게 메시지를 보냈다. 전화보다 증거로 남을 메시지가 더 나을 거라 판단했기 때문이다.

나 : 안녕하세요. 303호입니다. 혹시 오늘도 문 앞에서 물이 샜었나요?
집주인 : 네. 또 바닥에서 물이 올라와 수리했습니다. 조만간 전체적인 하자보수 공사가 있을 예정입니다. 불편을 드려 죄송합니다.

오호? 이렇게 바로 물이 샌 일에 대해 인정을 하시니 나는 내 이야기를 이어 나갔다. 혹시 물이 안 샜었다고 이야기하면 CCTV라도 보자고 할 기세였으니까.

나 : 그러셨군요. 실은 제가 판매해야 할 책이 택배로 왔는데, 박스와 책 모두 젖어 있습니다. 모두 판매가 불가능하게 됐습니다. 건물상 문제인데다 이전에도 여러 번 물이 새서 시정되지 않아 벌어진 일이니, 어느

정도 보상을 해주셨으면 좋겠습니다. 단순한 책 손해도 문제지만 제가 인쇄소 가서 다시 책을 의뢰하고 얻어오고 하는 일이 추가되어 일이 많아져서 말씀드립니다. 그리고 물을 닦는 과정에서 제 박스가 젖는 걸 보셨을 텐데, 그때 바로 연락 주셨으면 물이 종이에 덜 타고 올라가서 몇 권이라도 손해가 적었을 거란 생각이 듭니다. 갑자기 긴 글 보내서 놀라셨겠지만 저도 놀란 마음에 보냅니다. 책에 대해 어느 정도라도 보상해 주셨으면 좋겠습니다. 숙고 끝에 연락드립니다.

겁쟁이 쫄보인 나는 원래 이런 이야기를 잘 못 했다. 친구는 나더러 이걸 수동 공격성 장애라고 부른다 하더라. 이게 '장애'라는 단어가 붙으니 굉장히 무시무시한 것처럼 보이지만 누구나 가지고 있을 수 있는 마음이다. 수동 공격은 행동과 실제 감정, 생각 사이의 괴리로, 받아들일 수 없는 타인의 의견에 대해서도 아무 말을 하지 못하고 동의한 후에 행동에 이행하지 않거나 의도적으로 계획을 미루고 참여하지 않는 것과 같은 방식으로 대처한다고 하는데. 쉽게 말해 손해를 보고도 화가 나지만 꾹꾹 누르며 '괜찮다.'라고 상대에게 이야기하고는 뒤에서 쉭쉭- 머리에 김을 내며 욕을 하거나 또는 심할 경우 복수를 위해 일을 꾸미는 것을 말한다. 물론 사람마다 정도의 차이가 있겠지만 나는 전면에서 내 불편한 감정을 이야기하면 그 관계가 당장 단절될까 봐 무서워 말을 못 했던 적이 있다.

　성장하는 내가 좋은 점은 이런 순간이다. 그럼에도 말을 꺼내 보는 것이다. 두려움과 불안을 이겨내는 순간, 머무를 수만 없다는 생각이 들 때 사람은 한 발 나아가는 걸까? 이번 일도 부수가 적은 박스였으니 혼자 감내하고 넘어갔을지도 모르겠다. 큰일로 만들고 싶지 않아서, 또는 분란을 만들어서 혹시나 다음 재계약이 어렵다고 할까 봐 나는 늘 이렇게 일어나지 않은 일을 나에게 불리하게 만들어 내서 걱정했다. 그런데 그런 나를 잘 알기에 다른 선택을 해보고 싶었다. '에라 모르겠다.'라는 마음. '어쩌라고, 내가 손해 본 건 맞잖아. 너희가 책임질 일이잖아. 내 마음은 이래. 너네가 좀 어떻게든 해봐.'라고 소리 질러보고 싶었던 것이다. 덜덜 떨리는 마음으로 꾹꾹 눌러 담은 위의 문자에 집주인은 아무렇지 않게 답을 보내왔다.

집주인 : 네 당연히 해드려야지요. 내역 정리하여 보내주시면 처리해 드리도록 하겠습니다. 당분간은 동일한 일이 발생할 수 있으니 무인 택배함을 이용해주세요. 다시 한번 불편을 드려 정말 죄송합니다.

세상에. 이렇게 간단히 일이 해결되기도 하는구나! 마땅한 일에 마땅한 결과인데 나는 왜 그렇게 마음 졸였는지, 절절매며 문자를 보낸 시간이 머쓱하기까지 했다. 처음 물에 젖은 박스를 보고도 연락해주지 않은 집주인이 먼저 기세 싸움을 시작했다고 치자. 난 거기서 그저 패한 채로 뒤에서나 억울하다며 징징대고 말았을지도 모르지만, 이번엔 당당히 그 기세 앞에 주눅 들지 않고 내 목소리를 냈다.

서로 각자의 입장이 있지 않은가. 나는 내가 손해 봤다고 주장하고, 상대는 자기가 더 손해 봤다고 주장하는 일도 있다. 하지만 그 길고 짧음에 대해 상의를 하고 협의에 이를 수 있는 관계도 있다는 믿음이 중요한 듯싶다. 모든 일이 다 감정만으로 해결되는 게 아니니, 상황과 감정을 분리해서 이야기를 나누고 상호 협의에 의해 윈윈하는 결론도 있다는 것을 작은 성공 경험으로써 쌓아 가면 좋겠다. 지레 겁먹고 도망가면 자꾸만 도망 다니는 삶을 살게 된다. 내 기분을 그리고 내가 원하는 것을 상대에게 이야기하지 않으면 남들이 먼저 애써 들어주려 하지 않는다. 그건 어디까지나 어린 유아기 때나 그것도 부모님만 해줄 수 있었던 것 아닌가.

이 글을 읽고 수동 공격성 장애에 대해 '어? 내 이야기인데요 작가님.' 하며 검색을 해보는 사람들이 많을 것 같아서 남긴다. 세상에는 정상과 비정상을 나누는 것도 하나의 폭력이고 그 기준을 만든 것도 권력을 가진 누군가라 생각한다. 기준은 내가 되면 좋겠다. 혹시 조금 불편하고 손해를 볼 때, 앞에서는 괜찮다 하고 뒤에서 칼을 가는 자신이 스스로 만족스럽다면 된 것이다. 그로 인해 주변 사람들이 크게 피해를 보거나 주변인들이 하나둘 다 떠나가도 그런 자신에게 만족스럽다면 그걸로 된 거다. 그런데 그런 내 모습이 마음에 들지 않을 때, 어딘가 문제가 있다는 생각이 들 때 한 번 안 해봤던 선택을 해보자는 것이다. 화라는 감정을 빼고, 천천히 내 이야기를 상대에게 들려줘 보는 것부터 말이다.

우리는 다 자란 성인이고 상대의 말을 헤아려 들을 줄 알며 이성적으로 생각할 줄 아는 사람들이 제법 많은 세상에 살고 있다. 그러니 담담하게 내 불편을 꺼내어 보는 것도 연습이고 하다 보면 자연스럽게 자전거를 탈 수 있게 되듯 의식하지 않고도 건강한 소통의 장을 만들 수 있을 거라 믿는다. 나 역시 여전히 연습 중이니 나와 비슷하게 닮아있는 그대들과 함께 자전거를 타고 싶다.

○

"여섯 다리만 건너면
트럼프도 아는 사이다!"

　　예은과 나는 몇 해 전, 경주의 작은 서점에서 만났다. 크리
스마스이브를 기념하여 작은 사인회를 열었는데 수많은 연인
들이 진지하게 책을 읽고 구매하러 오기보다 관광지의 특성상
한 번 들려보는 코스로 많은 사람들이 서점을 다녀갔다. 물론
어느 구석에 <손현녕 작가>라는 종이 명패를 앞세우고 어정쩡
하게 앉아 멀뚱히 손님을 바라보는 나를 그들도 함께 멀뚱히
쳐다봐 주었다. '저 사람 뭐야? 작가라는데? 사인회 하는데 아
무도 없어서 어쩌누?'라는 눈빛들. 나였어도 그리 쳐다봤을 상
황이었다. 하지만 생각보다 뻘쭘하지는 않았다. 크리스마스에
만 느낄 수 있는 그 분위기에 나도 함께 취해있어 사람들을 구
경하는 재미가 쏠쏠했으니까.

간간이 내 책을 들고 아주 수줍게 다가와 팬이라며 사인을 받아 가시는 분들도 계셨는데, 예은도 그 독자들 중 한 명이었다. 서점 문이 딸랑 열리더니 남색 코트를 입은 작고 왜소한 친구가 쭈뼛쭈뼛 걸어와 팬이라며 작은 종이가방과 책 전권을 내밀었다. 사인을 해주고는 자리를 박차고 일어나 고마운 마음을 가득 담아 그녀를 꼬옥 안아주었다. 모든 극적인 상황은 감정의 동요를 불러오는 걸까. 내 어깨에 괸 그녀의 얼굴이 미세하게 떨리고 있음을 느꼈는데 그때 훌쩍이는 작은 목소리로 예은은 말했다. "작가님 저도 공황장애가 심해요. 너무 힘들었어요. 부산에서 경주까지 버스를 타고 오는데 혹시 공황이 오면 어쩌나 걱정 많이 했어요. 그래도 작가님 보러 오고 싶었어요."

지금의 나는 더 이상 약을 먹지 않는다. 공황 증세가 언제 다시 찾아올지 몰라 약을 가지고는 다니지만 먹지 않아도 스스로 관리할 수 있는 단계로 많이 호전된 상태이다. 하지만 그 몇 해 전까지만 해도 꼬박꼬박 약을 먹어야 불안 없이 외출할 수 있었고, '약을 먹으면 괜찮다.'라는 안심을 하기까지의 병식이 생기기까지도 제법 오래 나 자신과 싸워야 했다. 그런 때에 나보다 더 심한 증상으로 힘들어하는 예은을 만났으니 우리는 비록 처음 만났지만 그날 할 이야기가 꽤 많았던 것이다. 언제부터 공황으로 힘들었는지, 지금 병원은 어디에 다니고 있는지, 약은 어떤 걸로 몇 알이나 하루에 몇 번 먹고 있는지 등 오랜 친구였던 것처럼 우리는 주저리주저리 많은 이야기를 나누었다. 그렇게 우리는 가까워지기 시작해 사는 동네가 비슷하여 부산에서도 종종 식사를 하고 일상을 공유하며 친분을 만들어갔다.

우리가 알게 된 지 2년쯤 되었을 때 예은은 사랑에 푹 빠진 남자가 있다며 종일 그 사람 이야기를 했다. 짝사랑하고 있는 남자인데 정말 멋지고 선량하며 오래 꿈꾸던 이상형에 가까운 사람이라고 했다. 그런데 무슨 우연인지 하필 그날 우리가 이야기 나누고 있는 같은 장소에 그 사람도 자기 친구랑 와있다며 그럼 함께 만나면 어떻겠냐는 제안을 해 온 것이다. 흔쾌히 승낙하여 예은이 좋아하는 남자와 그의 친구까지 네 명의 자리를 만들게 되었다. 나에게는 몇 안 되는 장점이 있는데 그중 하나가 낯가림이 별로 없다는 것이다. 붙임성도 좋아 모르는 사람들과 이야기도 어렵지 않게 이어갈 수도 있다. 그런 나의 장기가 그 어색할 수 있는 자리에서 잘 발휘되었다.

우리는 중간에 아주 크고 낮은 테이블이 놓인 자리에 앉았다. 내 맞은편에는 예은과 그 남자가 있었고 나는 생판 처음

보는 예은 짝사랑남의 친구와 나란히 앉게 되었다. 거리가 꽤 멀어 네 명이서 대화를 함께 하기는 힘든 상황이었고, 이미 내 앞의 두 사람은 자기들만의 이야기를 만들어 아주 즐거운 시간을 보내는 듯했다. 그렇다면 예은을 위해 나는 이 사람과의 시간을 자연스럽게 보내며 우리를 신경 쓰지 않게 하는 것이 예은을 도와주는 일이라 생각했다. 철천지 생면부지의 사람과 어디서부터 이야기를 만들어가야 할까. 으레 통성명부터가 시작이지 않나. 그 사람은 명함을 내 앞으로 내밀며 이런이런 일을 하는 사람이라 소개했다. 그리고는 나에게 어떤 일을 하느냐고 물어왔다.

"아, 저는 프리랜서로 일하고 있어요. 시간 강사로 일하기도 하고요."

나를 모르는 사람들 앞에서 작가라고 스스로 소개하는 일은 여전히 낯부끄럽다. 굳이 작가인 것을 몰라도 되는 자리라면 늘 프리랜서나 강사라고 소개하며 지나간다. 그러면 상대방도 더 이상 캐묻지 않으니까. '작가'라는 직업은 주변에 많지가 않아서인지 직업 특수성 때문인지 사람들은 '작가'라고 하는 순간 전에 없던 눈을 뜨고 호기심으로 나를 바라본다. 비단 작가라서 그런 것이 아니라 직업마다 가진 색깔이 있어서 그런 것이니 그 시선이 부정적으로 느껴지진 않지만 한 번 만나고 스쳐 지나갈 사람이라면 굳이 깊이 이야기하지 않아도 될 거라 생각한 마음도 큰 것이다.

내 옆의 그 친구 역시 더 이상 내 직업에 대해 말을 이어 가지 않았다. 그리고 공백을 없애려 나는 물었다. "평소에 쉬실 때 무얼 하세요?" 그 친구는 답했다. "운동을 좋아해요. 출근 전에 헬스를 하고 퇴근하면 주짓수를 해요. 그리고 책 읽는 걸 좋아해요." 속으로 그런 생각을 했다. '아니, 새벽에 다섯 시에 일어나 헬스를 하고 출근을 한다고? 온종일 일하고 퇴근하면 주짓수를? 그럼 바로 곯아떨어질 것 같은데 또 게다가 독서까지? 그걸 매일 반복하는 게 가능해? 헬스, 주짓수까지는 색이 비슷한데 갑자기 책이라니?! 책?!?! 오호!! 우리의 공통분모를 드디어 찾았군. 앞으로 내 앞의 저 핑크빛 기류의 두 사람이 30분은 더 편하게 이야기 나눌 수 있겠다. 책 이야기라면 나도 할 이야기가 많지.'

옳다거니 나는 바로 질문을 이어갔다. "오? 책 좋아하세요? 어떤 책 즐겨 읽으세요?" 그러자 갑자기 "잠시만요."라며 그 친구는 휴대폰을 꺼내더니 사진 앨범을 들어가 어디서 많이 본 익숙한 노란색 종이 위에 꼬불꼬불 필체로 글이 잔뜩 적힌 사진을 나에게 내밀었다. "저 이 사람 글 좋더라구요. 그런데 누가 쓴 건지 작가를 못 찾겠어요. 출처 없이 돌아다니는 걸 봐서. 알면 책도 살 텐데." 그건 내가 매일 밤마다 잠자기 전에 그날 겪은 일들로 떠오르는 단상을 써서 인스타그램에 올리는 나의 글이었다. 지금 이 글을 읽고 계신 독자님들, 말도 안 되는 일이라 생각하실지도 모르겠다. 나도 그랬다. '이거 지금 영화 트루먼 쇼 찍는 건가? 이거 예은이가 처음부터 모두 계획한 몰래카메라인가' 의심이 될 정도였으니까 말이다.

　나는 잠시 고민하다가 그 글의 주인이 나임을 아주 수줍게 밝혔다. "그 글 사실 제가 썼어요." 그러자 눈 하나 깜빡하지 않고 그 친구는 "에이 무슨 그런 장난을 치세요. 하하"라고 했다. 나는 아까보다 조금 더 눈에 힘을 주고 말했다. "진짜 제 글이에요. 보실래요?"라며 나를 증명하듯 인스타그램을 눌러 내 계정을 보여주었다. 그러자 그제야 그 친구는 토끼 같은 눈을 뜨고 입을 다물지 못한 채 몸을 나에게서 더 멀리하더니 "와, 말도 안 돼요. 와. 네? 이거 정말인가요? 이런 일이 와."라며 연신 와를 외치며 한참 황당해하고 있었다.

우리 맞은편 두 사람마저 우리 이야기에 이제야 집중하기 시작했고 어떻게 이런 인연이 있냐며 맞장구치고 깔깔 웃었다. 그때 우니는 너노나도 말했다. "정말 세상 좁아요. 옛날에 그런 말 있었잖아요. 한 여섯 다리만 건너면 트럼프도 아는 사이 일거라고요." 그래서 나는 종종 그런 상상을 한다. 너의 친구와 나의 친구가 아는 사이이고 또 그 친구와 그 친구의 친구들끼리 아는 사이이고, 그렇게 넓혀나가 모두가 친구인 세상. 미국의 어느 홈 파티처럼 서로의 친구를 초대하여 우리 모두 친구가 되어 즐거운 한때를 보내는 그런 상상 말이다.

그래서 어딜 가나 말조심, 행동 조심, 마음 조심해야 하는 것도 같은 맥을 하는 이야기일 것이다. 사람들에게 플러스는 되지 않을지언정 마이너스는 되지 말아야지 다짐하는 것도 당장 뒤돌아서면 남 같아도 언제 어디서 어느 위치에서 다시 만날지 모르는 것이 인생사여서. 나 스스로에게 당당하게 살고 남 앞에 죄짓는 일 없이 살자고 또 생각한다. 그래야 이렇게 기분 좋은 우연이 문득 나타났을 때 같이 즐거울 수 있는 것 아닐까. 훗날 또 다른 누군가를 만나게 되어도 말이다.

(혹시 궁금해하실까 봐 말씀드립니다. 제 글을 좋아한다는 그 친구와는 가끔가다 안부를 묻고 지내는 친구 사이로 잘 지내고 있답니다. 헤헤)

○
내가 만든 우상

여러분 한 때 모두가 함께 사랑했던 나의 사랑, 나의 그대
가 있으셨는지요. 저는 살갗이 손에 닿지 않는 사람을 마지막
으로 사랑했던 때가 초등학교 6학년이었어요. TV 속 그 사람
이 얼마나 내 것 같았는지 몰라요. 내가 지금 보고 있는 이 인
기가요 생방송이 끝나면 우리 집으로 퇴근해서 나랑 같이 롤러
블레이드를 타고 놀 것만 같고, 스케줄이 없는 날은 내 손을 잡
고 초등학교 정문까지 데려다주고, 학교가 파하면 또 나를 데
리러 와서 문방구에 들러 온갖 불량식품을 함께 뜯어 먹을 것
만 같았죠. 지금은 이 글을 쓰면서도 웃음이 피식 나는데, 그
당시 저는 얼마나 진심이었는지 몰라요. 끙끙 밤새 열병을 앓
기도 했으니까 말이에요.

개인적 우화라고 하지요. 청소년기의 특징 중 하나인데 '내가 이 세상에서 제일 특별해. 난 너희와 달라. 내가 지금 느끼는 감정은 굉장히 독특해서 아무도 이해 못 할걸?' 쯤의 사고체계라고 할 수 있어요. 아마 제가 아이돌을 사랑할 수 있었던 마음의 기제는 '나는 특별하니까, 이 오빠는 나만 가질 수 있어.'에서 시작할 수 있었던 것 같아요. 점점 그 마음에 빠져들어 헤어 나오지 못하다가 '내 것'이 아니라면 큰 의미가 없고 손으로 만져지지 않는 것은 나와 크게 상관없는 것이라는 생각이 들었을 때쯤 저는 교복을 입은 중학생이 되었어요.

그리고 실제 말과 살을 부딪치는 세상 속에서 친구들과 아웅다웅하며 세상을 살아가는 방식을 배우기 시작했어요. 청소년이 되고 성인이 되어오면서도 단지 대상만 달랐을 뿐 저는 또래 친구에서, 매일 같은 시간 버스를 기다렸던 짝사랑 오빠, 나의 첫 남자친구, 내 강아지, 내가 좋아하는 작가 등 여러 우상을 만들며 살아왔어요. 이렇게 끊임없이 스스로 우상을 만들면서 사는 사람들이 있어요. 맹목적인 믿음을 가지고 그 사람에 대한 의심 하나 없이 의존하는 마음을 누군가는 사랑이라 부르기도 하지요. 지금 저는 열세 살의 어린 소녀의 마음을 다시 돌아봅니다. 그 소녀가 사랑했던 가수, 물론 대단히 매력

적이었겠지만 소녀가 스스로 만들어낸 환상이자 우상은 아니었을까 하고요.

　우리가 열광하는 것들에 대해 의문을 던져봅니다. 나는 왜 그것에 그토록 열광하는가. 내가 만들어 낸 우상이 아닐까 하고요. 여러분이 현재 열광해 마지않는 것은 무엇인가요. 여러분은 어떤 우상을 만들어 살아가고 계신가요. 열광하며 닮고 싶은 대상이 하나쯤 있을 때 삶이 재밌어지기도 하는데요. 누군가에겐 아이돌 가수, 또 누군가에는 어떤 배우, 존경하는 언론인 등이 있을 수 있겠지요.

　우상이 우상일 수 있는 이유는 내가 보고 싶은 부분만 크게 확대해서 보기 때문이 아닐까 싶어요. 신이 아닌 이상 인간에게 하자 없는 부분은 없는데, 아니 아무도 없는 방구석에 후줄근한 실내복 입고 드러누워 코도 파고 방귀도 북 뀌는 모습은 영락없는 한낱 꾸밈없는 인간일 뿐인데 말이에요. 우리가 우상으로 바라본다는 것은 그 사람이 그래서가 아니라 내가 그 사람을 아주 곱게 포장하고 내 눈에 다이아몬드가 팍팍 박힌 안경을 씌워서 보기 때문이겠지요. 물론 그것이 나쁘다는 것은 아닙니다. 그래야만 하는 나만의 이유가 있을 거예요. 무언가를 이렇게 봐야만, 이렇게 내 마음 안에 담아두고 오래 관심을 쏟아내야만 하는 이유. 그것이 무엇인지 들여다보면 좋겠습니다. 그러다 보면 맹목적인 믿음과 의지로부터 멀어져 안전한 지대에 들어서서 누군가를 바라볼 수 있지 않겠습니까. 같은 맥락이지만 내가 만들어서 쓴 안경임을 안다면 스스로 벗어낼 수도 있지 않겠습니까. 물론 그 안경이 마음에 쏙 들면 평생 껴도 그만이지만요.

초등학생 꼬마였던 저는 아이돌을 우상으로 삼았고, 시간이 지나 여고생이 되었을 때는 COLDPLAY의 노래를 좋아하며 성인이 되고부터 좋아하는 책의 작가를 우상으로 삼았습니다. 그리고 또 어느 때에는 좋아하는 영화감독을 우상으로 삼았지요. 매번 우상을 달리하며 좋아하는 것들을 더 좋아하려 애썼던 시기를 떠올려봅니다. 그때 저는 행복했을까요. 여러분은 누군가 우상으로 삼았던 때를 떠올리면 어떠신가요?

친구와 우스갯소리로 그런 이야길 했어요. "외로움은 목을 매달 수도 있을 것 같은 위험한 나무인데 스스로 나무에 오르지 않기 위해서 어떻게 해야 할까. 그 답을 자꾸 사람에게서 찾으려 하니 결국 끝에는 제 손으로 나무를 오르는 격 아닐까?

그러면 사람 말고 다른 시선을 돌릴 만한 걸 찾아보자. 사람들 중에 게임에 푹 빠져 있는 사람, 방탄소년단에 빠져 있는 사람들 있잖아. 그렇게 내가 현생의 외로움이나 괴로움을 잊어버릴 수 있을 만한 대상을 사람 말고 찾아보자 우리. 그러니까 나는 오늘부터 심즈를 다운받아서 해볼게. 가상현실에서 사람 키우고 만나게 해주고 하자.”

그렇게 시작한 심즈는 얼마 못 가 흥미가 뚝 떨어져 버렸지요. 그래서 저는 또다시 내 충만한 사랑을 오롯이 받아내 줄 대상을 찾아 나서야 했습니다. 어찌 보면 앞서 이야기했던 주제인 '우상'은 지금껏 나의 흥미와 관심 나아가 사랑을 쏟아 낼 대상 찾기였지 않았을까 생각해보게 되네요. 누군가를 사랑한다는 마음, 어디서부터 시작된 것일까 잘 고민해 봅시다. 내 마음을 이해하다 보면 상대의 마음까지도 조금이나마 이해할 수 있는 날이 올 거라 믿어요. 그러다 보면 서로가 같이 행복해지는 날도 오겠지요. 그러니 나부터 들여다보는 시간을 많이 만들어야겠습니다.

언젠가 이런 과정을 자전거 타기에 비유했던 적이 있습니다. 아빠가 자전거를 가르쳐줄 때 “안장에 엉덩이를 대고 한 발로 페달을 구르면서 출발하면 돼. 절대 페달 돌리는 걸 멈추지 말고 계속 굴리다 보면 자연스럽게 자전거가 앞으로 갈 거야."라고 말해줍니다. 그 말을 들은 아이는 그 자리에서 바로 쌩쌩 자전거를 탈 수 있나요? 누가 아무리 떠들어 대봤자 결국 자기가 스스로 익히는 것입니다. '페달을 자꾸 굴리라는데 중심이 안 잡혀서 넘어질 것 같아 다치는데 어떻게 그걸 구르지, 페달 구르면 속력이 나서 너무 무서운데 어떻게 계속 구르라는 거야.'라고 생각이 많아지는 순간 핸들이 꺾이면서 넘어지겠죠. 그럼 다치고, 또 넘어지고 또 다치고. 그러다 어느 순간 자기만의 감을 익혀서 쌩쌩 자전거를 두 손 놓고도 탈 수 있는 날이 오지 않겠어요. 그렇게 한 번 감을 익히면 다시 자전거를 못 탔던 때로 돌아가지 않잖아요. 우리 그날까지 계속 페달 굴려봅시다. 지금은 같이 넘어지고 상처 나는 때라고 생각해요. 함께 가을바람 맞으며 라이딩하는 날이 오기를 기다리며 저 역시 오늘도 페달을 굴리겠습니다.

○

당신은 친구가 몇 명 있어요?

자주 친구가 없다고 징징거렸다. 스스로 친구가 없다고 생각해서 남들에겐 친구가 얼마나 있을까 자주 궁금하여 물었다. "너는 친구 많아? 너 친구 몇 명 있어?!" 나이를 이렇게나 먹었는데 아주 초등학생 같은 질문을 하고 다닌다. 고독과 외로움을 구별할 줄 몰라서 그랬을까? 혼자 있는 시간을 좋아하면서도 누군가 나를 찾아주고 돌봐줬으면 하는 어리광을 피웠다.

친구 진환은 주말만 되면 점심, 저녁으로 각각 다른 약속이 있다. 그런 진환이 내 눈엔 어느 연예인보다 사랑받는 사람처럼 보여 하루는 질투심에 묻기도 했다. "진환, 너는 어떻게 그렇게 친구가 많아? 나는 내 친구들을 차례로 주말에 점심, 저녁 먹으면 2주도 안 돼서 약속이 끊길 것 같은데." 그랬더니 진환은 "한꺼번에 이렇게 약속이 몰릴 때가 있어. 원래 이렇게 바쁘진 않아. 근데 넌 친구가 뭐라고 생각하니?"

'친구가 있다. 친구가 없다.' 있고 없음의 기준을 나는 어디에 두었을까. 물리적으로 자주 만날 수 있는 친구여야 '친구가 있다'고 할 수 있을까. 자주 만나지 못해도 매일같이 연락을 하는 친구일 때 나는 '친구가 있다'고 이야기할 수 있을까. 1년에 한두 번 연락해도 서로 마음이 닿아있다 느끼면 '친구가 있다'고 자랑스럽게 이야기할 수 있을까. 나에게 대체 <친구>란 무엇이길래 이렇게 유무에 집착하고 그 의미를 크게 보려고 했을까.

진환의 물음에 "음- 친구는 힘이 들 때 옆에 있어 주고 기쁜 일이 있을 때 함께 축하해줄 수 있는 사이 아닐까?" 머리를 굴려보다 어디서 본 듯한 가장 그럴싸한 상투적인 문구를 뱉었다. 그러자 진환은 아저씨처럼 허허 웃으며 말했다. "그런 게 어디 있어. 그냥 만나서 밥 한 끼 할 수 있으면 거 다 친구지. 껄껄"

나는 생각보다 훨씬 더 세상을 어렵게 살기 위해 노력한다. 눈앞에 직선의 내리막길이 있는데 아니, 가만히 서 있기만 하면 저절로 내려가는 에스컬레이터가 있는데도 굳이 돌, 바위 급이지는 신실로 굽어 돌아가는 길을 택한다. 나와 남을 비교하고 내가 가진 것들 중에서도 비교하여 우위를 점치기 일쑤다. 친구라는 것에 내가 정한 의미를 가득 실어두고 남의 떡이 더 큰지 내 떡이 더 큰지 비교했다.

세상을 어렵게 살기 위해서는 자기연민이 필수다. 이것은 무서운 구렁텅이다. 진흙밭처럼 빠지면 빠질수록 헤어 나오기가 힘들다. 나를 불쌍하게 보는 것도 마음의 습관처럼 일부러 그 속에 빠져 살고 싶어 하는 모양처럼 보인다. 나를 불쌍하게 여기면 다른 많은 것들이 수월해지니까. 나에게 일어나는 많은 일들을 합리화할 수 있고 변명과 핑계를 대기 좋은 것이 바로 자기연민이라는 감정이므로 나는 마치 자궁 속의 편안함을 느끼듯 자기 연민의 양수에서 열심히 헤엄을 쳤다.

그러던 중에 진환의 그 한마디가 양수를 터뜨려 날 세상으로 나오게 했던 것이다. '거 밥 한 끼 먹을 수 있으면 다 친구지.' 세상에! 밥 한 끼 할 수 있으면 다 친구? 그래! 뭐 친구 별거 있나. 내가 나를 힘들게 하는 기준을 자꾸 스스로 만들지 말고, 내 발로 자꾸 지옥에 걸어 들어가지 말고 뚜벅뚜벅 신나게 지금 눈앞의 것을 소중하게 여기면 되는 것이다. 그렇게 생각하니 어제 잠시 만나서 커피를 마신 서점 사장님도 오늘 낮에 지나가며 짧게 인사 나눈 세탁소 이모도 만난 적은 없지만 몇 해째 글을 사이에 두고 귀한 인사를 오가는 독자분도 친구 아닌가 싶었다. 야호! 그렇다면 나는야 친구 부자!

이것이 정신 승리가 아닐까 의심이 들 때쯤 함께 잠시 일했던 일터의 상사분이 물으셨다. "현녕씨는 지금 당장 아무 이유 없이 일단 와줄 수 있냐고 하면 올 수 있는 친구 몇 명 있어요?" 순간 내 눈에 동공 지진이 일어났다. '어랏? 진환이가 밥 한 끼 할 수 있으면 거 다 친구라 그랬는데. 지금 당장 이유 없이 와줄 수 있는 친구라니? 음 보자... 누가 있을까?' 하며 좌절에 빠지려는 찰나 그분은 말을 이어가셨다.

"딱 한 사람만 있어도 그거 인생 성공한 거예요. 내가 현녕씨보다 그래도 10년은 더 살았잖아요. 이렇게 직장 생활하고 결혼도 해서 살다 보니 각자 소중한 걸 지키느라 많이 소원해지기도 해요. 그런데 그럼에도 단 한 명만, 딱 한 명이라도 아무 이유 없이 내가 울고 있을 때 달려올 수 있는 친구가 있다면 진짜 성공한 거예요. 그런 사람 잘 없어요. 없는 사람들도 많을 ㄲㅔ요. 그ㄹㅣㄴㄲ 많ㅇ ㅓㅗㄸㅕ ㅔㅔㄴ ㅣ두 ㅅㅣㄱㅣㅍㅣ ㅣㅔ글 ㅣ도 있게 잘 만들어가는 것도 중요하지 않겠어요?"

'친구가 많았으면 좋겠다.' 하는 마음에서 '단 한 명이라도 좋으니 이유 없이 그저 달려와 주는 친구가 있으면 좋겠다.' 하는 마음으로 간사하게 변하는 마음을 보았다. 자기 위주의 생각과 먼저 그런 친구가 되어주기보다 그런 친구를 갖고 싶어 하는 지독한 욕심을 마주했을 때 나는 다시 마음을 고쳐먹었다. 진환이 생각하는 친구도, 상사분이 말씀하시는 친구도 모두 어쩌면 다 같은 친구의 모습이 아닐까 하고. 그리고 결국 친구에게서 내가 보고 싶어 하는 것은 잘나고 사랑받는 내 모습이 아니었을까 하고 말이다.

마음의 키가 조금은 자랐을까? 이제는 친구 타령을 하지 않는다. 홀로 걸어가야 하는 길이라 생각이 차츰 자리를 잡는다. 혼자일 때도 괜찮고 누가 함께 할 때도 괜찮은 삶이었으면 한다. 친구도 좋고 연인도 좋다. 있으면 있는 대로 좋고, 없으면 없는 대로 좋았으면 하고 바란다. 마치 넘어지면 동전 하나 줍고 일어나듯 물에 빠지면 빠진 김에 수영이나 실컷 하고 나오듯 말이다. 더 이상 현재의 불만족에서 헤엄치고 놀지 않았으면 하는 바람으로 거울 닦듯 마음을 자꾸만 닦아본다.

○

'뜰뜰뜰뜰-'
술 한 잔

    술을 잘 모르지만 술 이야기를 마음껏 해보고 싶었다. 술에 대해 깊이 있고 장황하게 늘어놓는 사람들을 동경했다. 그 어떤 분야보다 술에 관한 전문지식을 가진 사람은 나보다 훨씬 어른처럼 보였으니까. 마치 운전면허가 없는 사람에게 운전을 멋지게 해내는 사람들이 그저 대단해 보이는 것처럼 말이다.

    우리는 스무 살이 되면 합법적으로 술을 즐길 수 있다. 물론 비합법적으로 더 어린 나이에 술을 맛보기도 한다. 나는 중학교 2학년 때 처음 소주를 접했는데 그 혹독한 어른의 맛을 잊을 수 없다. 그때 내가 살던 집은 3층 빌라였고 옥상에 자유롭게 드나들 수 있는 곳이었다. 친구 다섯 명 중에 한 아이가 집에서 부모님이 드시다 만 뜯어진 소주를 검은 봉지에 아주 은

밀하게 가져왔다. 우리는 콘크리트 바닥에 벽돌을 의자 삼아 앉아 조금씩 돌아가며 맛을 봤다.

　하면 안 되는 일을 할 때의 그 짜릿함을 아는가? 그것은 금기된 맛이었기에 훨씬 자극적이고 맹렬하게 혀를 감쌌다. 병원에 가면 주사 맞기 전에 내 팔을 쓱쓱 문지르던 그 알코올 솜을 쥐어짜 입에 넣는 기분. 그것이 내가 처음 맛본 소주의 일평이다. '어른들은 당최 왜 이것을 제 돈 주고 마시는가?' 의문만 남았다. 그랬던 중학생이 이제는 그 이해할 수 없는 어른이 되어 제 돈 주고 소주를 마시게 되었지만 술을 마시는 그 마음은 여전히 알다가도 모르겠다. '왜 마시는가?'에 대한 진솔한 대답은 취했을 때야 비로소 들을 수 있지 않을까.

　치기 어린 마음에 처음 맛본 소주는 그리 나에게 매력적이지 않았다. 성인이 되어 대학생이 되었을 때 마셨던 술은 자의에 의한 것보다 '친구와 함께하기 위한' 술일 때가 많았다. 소주는 여전히 맛이 없었고 맥주와 섞여 교묘하게 발아 향 뒤로 몸을 숨겼을 때나 목구멍을 지나칠 수 있었다. 술 자체에 깊은 이해와 흥미를 가지기엔 이십 대 초반은 주머니가 작고 초라했으며 단순히 취한 기분과 함께 어울리는 사람이 좋았을 뿐이었다.

실은 이렇게 술 이야기를 하면서도 나는 이십 대에 술을 자주 접하지 못했다. 어릴 적 '청개구리 띠'라는 별명을 가진 사람으로서 정작 마음껏 먹으라 하니 별로 호기심이 생기지 않은 탓도 있지만 호환마마보다 두려워했던 공황장애 증세가 술과 더 이상 친해지지 못하게 나를 막았다. 술은 나를 흥분하게 만드는 것이고 공황장애 약은 나를 흥분하지 못하게 하는 것이라 그 둘은 동시에 몸에 넣는 짓은 백해무익했기 때문이다. 이제 와 보니 아마 그렇게 술을 마시지 않을 수 있었던 데에는 크게 술의 맛에 빠지지 않았기 때문이란 생각도 든다.

그러므로 돌아보면 이십 대에 술을 마신 경험이 손가락, 발가락으로 세어도 다 세어질 만큼 적었다. 그렇게만 지금까지 살았다면 말랑말랑 아기 같은 생간을 가지고 있었겠지만 감사하게도 공황장애가 많이 나아지면서 삼십 대가 된 나는 술의 맛에 듬뿍 빠지게 되었다. 초라했던 주머니 사정은 나아져서 맛없는 소주가 아닌 와인과 위스키를 즐길 수 있게 되었다. 한 번은 와인에 빠졌을 때의 일이다. 힘들게 일을 끝낸 날이면 꼭 마트에 들러 와인을 샀다. 한 병을 따면 하루 안에 다 마셔야 하지만 먹고 남은 것은 버리지, 뭐 하는 건방짐은 덤으로 발걸음을 향했다. 영화 속 여주인공이 와인 잔이 아니라 머그잔에 술을 따라 마시는 걸 보고 그 멋에 나도 동경하여 술을 더 사서 마셨다.

둘이나 셋이 아니어도 혼자서 술을 즐길 수 있을 때가 되었을 때, 나는 수단이 아닌 목적으로 술을 마실 수 있게 되었다. 부모님으로부터 독립을 하고 작지만 단란한 내 공간에서 맥주나 와인을 마시며 새벽을 보낼 때, 숙취로 머리가 지끈거려 약국에서 숙취 해소 약을 구매할 때, 그 울렁거림을 참고해야 할 업무를 해내고 있을 때 나는 비로소 어른이 되었음을 느꼈다.

술이 있으면 에피소드는 넘쳐난다. 아래의 에피소드는 내가 주인공이기도 그리고 이 글을 읽는 그대들이 주인공이기도 한 이야기다. 술은 사람을 무장해제 시켜 더욱 원초적으로 본능적으로 만들지 않나.

1) 한 번은 친구가 썸을 타고 있다는 남자를 같이 만난 적이 있다. 셋이서 일마나 많이 마셨는지 모든 장면이 조각, 조각져 찢어진 종이처럼 남아있는데 그 하나의 조각이 강력한 원색으로 남아있다. 내 앞에 마주 앉은 그들이 마주 보고 잘 이야기를 나누다가 갑자기 뜨겁게 키스를 하는 것이 아닌가. 멀찍이

떨어져 있는 테이블도 아니고 손을 뻗으면 바로 어깨까지 손이 닿을 수 있는 작은 테이블이었는데 그렇게 눈앞에서 남녀가 키스를 하는 장면을 디지털 화면이 아닌 두 눈으로 직접 보고 있자니 어안이 벙벙하여 고개를 돌릴 수도 없었다. 둘의 뜨거운 키스에 그것이 다 끝날 때까지 먼 곳을 바라보고 있는 것도 이상하고, "저기 언제 끝나?"라고 묻는 것도 이상했다. 하여간 정말 이상한 기억이다. 쳐다보고 있으니 언젠가 끝이 났고 그렇게 우리는 자리를 옮겼다. 아무리 술에 취했어도 그 젊은 날의 기억은 오래 남아있다.

2) 전날 술을 진탕 많이 마셨다. 그리고 아침에 일어났는데 양팔이 다 빠져있었다. 지난밤에 뭘 잡고 세게 당겼던 장면이 남아있다. 누구랑 싸우기라도 한 건가. 어쨌든 병원에 가서 빠진 팔 양쪽을 끼웠다. 술은 팔도 아픈 기억 없이 빠지게 한다.

3) 친구들끼리 서로의 친구를 데려와 남녀 소개를 시켜주는 자리였다. 기분 좋게 저녁 식사를 하고 그 둘의 기류를 보아하니 서로 썩 마음에 들어 하는 눈치였다. 그래서 분위기를 더 돋우면 좋을 것 같아 간단히 맥주 한 잔을 더 하자고 제안했다. 그러자 내 친구는 "나 술 진짜 못해. 술이 너무 약해. 조

금만 마셔도 금방 취하는데."라며 거절했지만 우리는 한 모금만 마시라고, 지금 너무 즐겁지 않냐며 그녀를 설득해 맥줏집으로 향했다.

첫 잔을 부딪치며 '짠!'하고 그 친구는 세 모금쯤 마셨을까? 서서히 눈이 풀리더니 몸을 가누지 못할 정도가 되어 상체를 휘청거리기 시작했다. 친구 상태를 보니 더 마시면 안 되겠다 싶어 친구를 부축해 일어나는데 술이란 게 마시다 그 자리서 일어나면 더 취기가 돌지 않는가. 그녀는 혹 올라온 취기에 정신을 놓았는지 실실 웃으면서 입가로 토사물을 흘리고 있었다. 히히히히 웃으면서 고개를 빳빳이 들고는 입 주변으로 방울방울 액체를 흘렸다. 분명 저녁 식사까지 그녀를 마음에 들어 하던 남자는 이젠 낯빛에 설렘이 하나도 보이지 않은 채 의무감과 책임감에 그녀를 집에 데려다주겠다고 했다. 그 뒤의 이야기는 오롯이 남자에게서 전해 들었는데 다시는 그녀와 연락을 하지 않는 것이 좋겠다고 했다. 전말을 이랬다.

친구들과 헤어지고 남자는 그녀를 우선 등에 업었다. 도저히 걷기가 힘들 정도로 몸을 가누지 못했기 때문에 초면이지만 그럴 수밖에 없었다고 했다. 그리고 택시를 탈 수 있는 대로까지 최대한 빨리 걸어가고 있는데 그는 갑자기 걸음을 멈췄다. 어떤 일이 벌어졌을까. 예상이 가는가. 그가 걸음을 멈춘 이유, 들히리 이페기 나낫하세 숙숙해지는 것이 느껴졌기 때문이다. 그 이후의 처리는 각자의 상상에 맡기겠다. 다음 날 그녀는 안타깝게도 모든 기억이 생생히 난다고 이야기했고 그 둘은 향후 몇 년간 길에서 우연히라도 지나치면 안 될 사이로 남았다고 한다. 그날 그 맥주 한 잔이 없었더라면 그들은 좋은 인연으로 발전할 수 있었을까.

이외에도 술 마시고 밖에서 잠들었다가 입이 돌아가 구안와사가 왔다거나 구토는 기본이고 상상하기도 어려운 지저분한 이야기들까지 술은 내 마음에도 솔직하게 하지만 몸의 반응에도 숨김없이 표현하도록 한다. 술에 힘을 빌려 마음을 고백하거나 서운했던 이야기를 속 시원히 전해보기도 한다. 흥이 나서 술을 마시고 술을 마시니 또 흥이 난다. 달빛과 술 한 잔에 노랫가락만 있다면 그 어디가 천국이 아닐 수 있을까.

저마다 술을 마시는 이유는 다양하다. 거기에는 정답이 없고 그저 스스로 관리할 수 있는 수준에서 즐기면 그만이다. 그래도 괴로움에 마시는 술보다 즐거운 일로, 사랑하는 사람들과 따뜻한 시간 속에서 곁들여지는 술이 늘면 좋겠다.

○
무릎이 땅에
닿기도 전에 ⅃ᑊ

*개인적인 일화이자 개인적인 견해임을 밝혀드립니다.

어떤 종교적 해석도 없습니다.

우리 엄마는 수시로 친한 친구들과 점을 보러 다녔다. 엄마에게 가장 처음 무당 이야기를 듣게 된 것은 고등학생이 되었을 때였다. 엄마는 친구와 전화를 하며 연신 '아이고, 우짜노'를 반복하며 "거참 용하긴 용하네."라는 말을 반복했다. 전말은 이랬다. 그해 초, 친구들끼리 모여서 신년 운세를 보러 갔는데 그중에 한 이모는 점 볼 생각 없이 그냥 따라갔던 모양이다. 그래서 그냥 옆에 조용히 앉아서 다른 사람들 점보는 걸 듣고만 있었는데 대뜸 무당이 그 이모를 보고 "올해 여름에 조심해야겠는데. 당신 아들 물 조심해야 돼." 이모는 이게 무슨 뚱딴지같은 소리인가 싶으면서도 본인 이야기도 아닌 자식 이야기라 마음에 괜히 걸려 "예? 무슨 말씀이세요?"라며 자세를 고쳐 앉았다.

　"당신 아들 올해 물 조심하라고 물. 물가에 가면 안 돼. 영 걱정되면 부적 하나 쓰고 가." 이모는 부적은 무슨 부적이냐며 이 무당이 별소리 다 해서 장사하려고 한다며 혀를 끌끌 찼다. 그때가 3월이었으니 한여름은 까마득히 먼일이었고 마음에 걸리는 일도 하루 이틀 한 달 두 달 지나면 머리에서 자연스레 다 지워지기 마련이라 무당의 얼굴도 그날의 엄포도 없던 일이 되었다. 그리고 뜨거운 8월의 어느 날, 가슴 아픈 사고 소식은 여기저기로 전화선을 타고 날아가 내 방에서 엄마 전화를 엿듣던 나에게도 찾아들었다.

　"민우가 글쎄 계곡에 친구들이랑 놀러 가서 다이빙을 했는데, 수심이 깊은 줄 알고 뛰어내린 게 하필 바위 위였다지 뭐야. 척추 쪽을 다쳤는데 하반신 마비가 와서 지금 손을 못 쓴다네. 어떡하면 좋아. 민우 그 어린 나이에 이게 무슨 사고니. 마음 아파서 어떡하니 정말. 근데 우리 전에 갔던 무당이 민우 물가 가지 말라고 했던 거 그거 거기 맞지. 세상에 무슨 이런 일이 다 있니."

　무서운 일이었다. 어쩔 수 없는 불의의 사고는 지금에도 이 세상 곳곳에서 일어나고 있을 것이다. 그것은 내가 될 수도 있고 내가 사랑하는 가족이 될 수도 있다. 엄마 전화를 엿들으면서 그 불길한 일을 미리 누군가 알고 피할 수 있다고 예견해준다는 일이 나는 무서웠다. 그들은 어떤 존재일까. 어디서 어떻게 남의 앞일을 알고 전달해주는 걸까. 믿을만한 일일까. 아니 정말 우연은 아니었을까. 여름철 물놀이 사고는 매년 발생하는데, 그저 우연에 기대어 어쩌다 맞아 들어간 이야기가 아니었을까.

무당, 점집에 대해 가진 첫인상은 엄마 친구의 이야기로 어렴풋이 영험한 것이라고 자리 잡았다. 그럼에도 미디어에서 접한 무당, 퇴마사에 대한 이미지는 무섭고 함부로 찾아가면 화를 입게 되는 곳, 공포 영화 속 기계음처럼 사람 목소리가 제 멋대로 바뀌어 두려움에 떨게 하는 곳쯤으로 인식되어 쉽게 내 두 발로 찾을 수는 없었다. 아니, 무서워서가 아니라 그렇게까지 인생에 궁금한 것이 없어서였을지도 모르겠다. 지금에 비하면 20대 중반까지는 그리 답답할 것도 인생이 무너져 내릴 것만 같지도 않았으니까.

진짜 걱정은 내 밥벌이에 대한 고민으로부터 시작되었다.

보이지 않는 것에 대한 막연한 두려움, 걷고 있는 이 길이 옳으니 믿고 포기하지 않고 걸어가라는 확신을 남에게서 듣고 싶은 마음에 극에 달했을 때 비로소 두려움을 이겨내고 점집을 내 발로 찾아가게 되었다.

부산 명장동에 위치한 곳이었는데 그곳을 알게 된 경유는 나와 같은 임용고시를 준비하는 언니로부터였다. 언니는 초수 시험을 보기 전에 그곳을 찾았는데 할머니에게 아기 동자 신령이 들어와서 할머니가 앳된 아기 목소리를 흉내 내며 "누나야, 누나야"라고 손님을 불렀다고 했다. 언니를 보자마자 그 아기 동자는 "누나야는 학생들 가르치는 선생님 할려고 하네? 근데 누나야 올해는 시험에 떨어지겠다 우짜노?"라며 합격하려면 시험을 세 번이나 쳐야 된다고 구체적인 시험 횟수까지 일러줬다고 했다. 그리고 언니는 삼수 만에 임용에 합격했다.

처음 타는 버스를 타고 처음 가보는 동네 깊숙한 언덕에 내렸다. 오래된 주택에 초인종을 눌렀고 삐그덕거리는 나무 계단을 올라 2층에 모셔진 신당에 들어갔다. 작고 왜소한 할머니 한 분이 앉아 계셨는데 내 무릎이 땅에 닿기도 전에 "누나야 선생님 할라고?"라는 것이 아닌가. 놀라 나자빠질 뻔했다. 이것이 바로 그 영험함이구나. 토끼 눈을 뜨고 놀란 나에게 "누나야 내 똑똑하제? 내 공부 많이 했다~" 라며 자신의 능력을 뽐내는 일곱 살 아이처럼 으스댔다. 그렇게 점의 세계로 한 걸음 한 걸음 빠져들었다. "누나야는 선생님 하려면 이번 연도에 합격하거나 아니면 아주 오래 걸리겠다. 근데 이것보다 누나야 어떤 오빠야 보고 싶어 죽겠제? 맨날 그 남자 생각만 하고 매일 밤마다 엉엉 울고 있네, 누나야." 그 당시 오래 만난 남자친구와 헤어진 지 얼마 되지 않았던 터라 그 아기 동자의 영험함에 또다시 무릎을 탁 치지 않을 수 없었다.

실제로 나는 그해에 임용고시에 합격하지 못했고, 어찌 보면 여전히 합격하지 못했으니 그 아기 동자는 미래를 잘 내다봤다고 할 수 있을까. 사주 명리학부터 시작해 무당의 신점을 보는 것까지 매해 신년마다 운세를 묻고, 무언가 큰 결정을 내려야 할 때가 오면 또 그들을 찾았다. 돌아오는 대답이 맞고 틀린 것은 크게 중요하지 않았다. 그저 그 당시 내 마음을 달래 줄 말만 들으면 그만이었다. 5만 원에 당장 듣고 싶은 말을 돈 주고 사는 것과 같았다. 아마도 내 마음의 불안이, 나를 믿지 못하는 자기 불신이 자꾸만 점집으로 발길을 향하게 했을 것이다.

그런데 나의 이 불안과 밖에서 얻으려는 자기 확신이 점에 대한 맹신으로 변해갈 즘 그 길을 막아 제동을 걸어주는 일이 있었다. 결혼을 망설이던 친구 연주가 점을 한번 보고 싶다며 같이 따라가 달라고 했는데 용한 곳이라 하여 한 달이나 미리 예약을 잡았는데 심지어 부산에서 마산까지 차를 타고 한 시간이나 달려가야 했다. 연주는 오래 만난 남자친구가 있었는데 결혼을 부추기는 남자친구와 괜히 얼마 남지 않은 것 같은 자유 속에서 오래 고민하는 듯했다. 그 해답을 우리는 어쩌면 어리석게도 무당에게서 구하려고 했는지도 모른다. 이 남자와 결혼을 해도 좋다, 이 남자와 결혼을 하면 빨리 이혼하게 될 것이다 쯤의 이야기를 기대하며 무당 앞에 나란히 앉았다.

기대에 찬 연주 얼굴을 빤히 바라보다가 무당은 "결혼은 집안의 잔치인데, 집에 상을 당한 해에는 잔치 안 하거든? 피비린내가 진동을 하네. 이번 해에 시집 못 간다. 집에 누가 아픈 사람 있나? 아버지 어디 편찮으시나?"라며 상상도 못 할 무서운 이야기를 했다. 연주는 어안이 벙벙하여 "아니요. 아버지 괜찮으신데…" 그러자 무당은 "아버지한테 저승사자가 붙었구만. 아유 피비린내야. 집에 줄줄이 상복 입고 있는데. 올해 잔치는 못해. 시집은 내년에 가라." 연주는 얼굴이 파랗게 질려 눈물을 그렁그렁 달고 한참 아무 말도 하지 못했다.

(다음 회에 이어서)

무릎이 땅에
닿기도 전에 🎐

*개인적인 일화이자 개인적인 견해임을 밝혀드립니다.

어떤 종교적 해석도 없습니다.

　　이 결혼을 해도 괜찮을까 어쩌면 가벼운 마음으로 찾은 점집에서 올해 아버지가 돌아가신다는 이야기를 전해 들었다면 어떤 표정을 짓게 될까. 우리는 당황한 기색을 감추지 못하고 무당이 이어갈 이야기를 잠자코 기다렸다. "아버지 어디 편찮으신 곳 있나?" 마치 우리가 한 번도 가보지 않은 차원의 세계와 접속하고 있는 사람처럼, 연주의 아버지를 이미 만나고 온 사람처럼 그 무당은 말을 내뱉기 시작했다. "너희 집에 아버지 혼자 많이 외로우시지? 가족들이 아빠랑은 대화도 잘 안 하고. 아버지 혼자서 방 안에 매일 소주 드시는 게 보이는데, 자식들은 엄마랑만 친하고 외식을 가도 아버지는 빼고 다니고. 그래, 안 그래?"

놀랍게도 연주는 아무 말이 없었다. 그러자 무당은 "어디 다치고 깨져야만 아픈 게 아니야. 아빠 우울증이 심하셔. 좀 있으면 일거리도 줄어들고 이럴 바에는 차라리 밖에 나가서 다른 여자랑 바람이라도 나는 게 낫겠어. 그러면 그래도 살고는 싶어질 거 아니야. 아버지 좀 잘해드려. 아빠 너무 외로워 보인다. 이러다 큰일 나는 거야. 갑작스러운 사고사는 어쩌지 못해도 이런 마음의 병은 또 가족이 막을 수도 있지 않겠어? 오늘 집에 가거든 아빠랑 이야기도 하고 방문도 열어 보고 밥 먹었냐 묻기도 하고 좀 그래봐."

연주는 중학교 1학년 때부터 늘 붙어 다녔던 친구라 오며 가며 가족들을 뵌 적이 있었다. 연주가 잠시 키웠던 토끼의 점박이 무늬와 생김새까지 기억을 하는데 연주의 아버지를 뵌 적이 있었나 그제야 하나씩 기억을 더듬어 보았다. 한 번은 하교 후 연주와 팔짱을 끼고 길을 가는데 어떤 아저씨가 연주를 크게 불러 세웠다. 연주는 어색하게 손짓 한 번 하더니 슥 곁을 지나며 발걸음을 재촉했는데 누구냐고 물으니 부끄러운 듯 '우리 아빠'하고 다음 말로 재빨리 대화를 바꿔버렸다. 이십 년은 된 그 기억이 갑자기 떠올라 집으로 돌아오는 차 안에서 연주에게 물었다. "점쟁이 말에 마음 많이 쓰이지. 나도 이렇게 속

상한데 네 마음은 어떻겠어. 아버지 집안에 계실 때 정말 말씀이 많이 없으셔? 근데 있잖아, 나 우리 중학교 때가 갑자기 생각나. 길거리에서 너희 아버지 뵌 날. 너 혹시 아버지랑 사이가 많이 안 좋아?"

"아니, 딱히 아빠가 뭘 잘못하거나 그런 거 하나도 없어. 근데 어릴 때부터 엄마랑만 친하게 지내다 보니까 이렇게 된 것 같아. 우리 열네 살 때, 그때 너랑 길거리에서 아빠 만난 날 있지. 어린 마음에 아빠가 얼마나 부끄러웠는지 몰라. 그때 우리 아빠 일 쉬고 있었거든. 다른 친구들 아빠는 다 일하러 회사 가셨는데 우리 아빠는 대낮에 친구들 많은 데서 내 이름을 부르니까, 나 그때는 숨고 싶었어. 근데 현녕아, 지금 나 갑자기 그때가 너무 후회돼. 아빠는 딸 학교 갔다 온다고 예뻐서 불렀을 텐데 내가 모른 척해서 아빠 마음이 얼마나 아팠을까. 이런 후회가 들어도 집에만 가면 엄마랑만 이야기하게 되고 아빠는 말 한마디 붙이기가 이제 너무 어색해졌어. 우리 아빠 말수가 적으셔서 그렇지 꼬박꼬박 월급 가져와서 우리 먹이고 키워주셨는데 나는 점쟁이 말에 이제야 이러고 있어. 근데 있지, 남 같아. 너무 멀어졌어. 정말 우리 아빠 돌아가시면 어떡하지?"

연주의 눈물 섞인 말을 끝으로 나는 뭐라 덧붙일 수가 없었다. 각자 차창 밖을 바라보며 아무 말도 하지 않았다. 고요한 침묵 속에서 나는 연주를 걱정했고 그녀의 아버지를 걱정했다. 연주는 비슷하으고 어떤 생각을 했을까. 필은 생각은 씨마득히 저 뒤로 밀렸을 테고 무당의 말을 믿을 것인가 말 것인가 선택의 기로에 서 있는 듯했다. 우리는 살면서 무수히도 많은 설마를 만난다. 그 설마는 희박한 확률로 우리를 울리기도 웃음 짓게도 하는데 무당이 점친 '설마'는 연주를 결국 울게 만들었을까.

말에는 힘이 있다. 많은 사람들이 같은 이야기를 꾸준히 하면 어떤 허무맹랑한 말에도 무시무시한 힘이 생겨 실제가 되기도 한다. 그래서 그 힘을 역이용하면 좋겠다고 연주는 생각했나 보다. 집으로 돌아가 곧장 엄마를 붙잡고 밑도 끝도 없이 늘어놓았을 것이다. '아빠가 죽는대. 엄마.' 연주는 그날 몇 년 만에 처음으로 아빠한테 먼저 말을 청해봤다고 했다. 그날도 어김없이 아버지는 혼자 방에서 텔레비전 소리를 말벗 삼아 소주를 드시고 계셨는데 다짜고짜 방문을 벌컥 열고는 "아니, 안주라도 좀 잘 챙겨 먹든가." 짜증을 버럭 내며 냉동실에 있던 만두를 구워드렸다고 했다.

영화 <겨울왕국>에서 동생 안나가 언니 방문을 매일 매일

84

두드리듯이, 그래서 그 문이 결국 열리게 되듯이 얼어붙은 아빠와 가족 간의 관계에 연주는 먼저 투박하게나마 먼저 손을 내밀었던 것이다. 하루, 이틀 한 달 두 달. 친구는 아빠와 서먹서먹한 남 같아도 오늘은 한 마디, 내일은 두 마디 처음 만난 사람과 친해지듯 관계를 만들어 나갔다. 우렁차게 "연주야" 이름을 부르시던 40대의 가장은 이제 흰머리가 나기 시작하고 얼굴에는 주름이 여러 줄, 세월의 흔적이 남았다. 팔다리는 가늘어지고 배만 더 둥그렇게 나온 60대의 모습, 한때는 가족 앞에 가장으로 우뚝 서 내 가족을 지키고 이끌었지만 이제는 자식들 뒤로 한 발 물러나 그동안의 시간을 추억하며 가족에 기대어 쉬는 여느 아버지처럼 이제야 숨을 고르시는 중이다.

그런 아버지가 떠난다고 생각하니 연주는 마음 안에 있는 것을 표현하지 않으면 그건 아무 소용이 없다는 걸 이제라도 알게 되었다. 아빠가 이 세상을 떠나면 아무것도 해볼 수 있는 게 없으니까. 점쟁이가 쏘아 올린 작은 공이라고 할 수 있을까. 점을 보고 와서 육 개월쯤 지났을 무렵, 연주에게서 전화가 왔다.

"현녕아, 우리 아빠 안 간다고 안 간다고 하는 걸 억지로 모시고 가서 건강 검진했었거든? 근데 별 이상 없으시대! 지금 동생이랑 엄마랑 아빠랑 같이 외식 왔어. 상견례 날짜 잡으려고!"

연주는 그 해에 결국 결혼식을 올렸다. 그리고 다음 해에 연주 아버지는 금쪽같은 손녀를 품에 안으셨다. 점쟁이가 쏘아 올린 공은 아버지의 죽음을 이끈 것이 아니라 아버지의 새로운 삶을 이끌었다고 우린 입을 모아 이야기한다. 아버지의 명이 여기까지라고 단정 지었던 점쟁이의 말은 모두 틀렸다. 그래서 결혼을 못 한다던 말까지도 하나도 맞는 것이 없었다. 우린 복비 5만 원을 공중에 날렸다. 그런데 그 틀려먹은 엉터리 점사가 괜한 기우를 만들어서 오히려 새로운 날들을 만들어 주었다. 무당은 이런 결말까지 점칠 수는 없었던 것일까?

연주와 다녀온 그 점집을 끝으로 나는 더 이상 점을 보지 않는다. 나도 결혼을 결심할 때쯤이면 점쟁이를 찾아 엉겁결에 가족 관계 회복을 달성할 수 있으려나? 재미로 보건 진지하게 보건 집이 무너진다는 말을 듣건 사랑하는 사람이 죽는다는 말을 듣건 그건 내가 해석하기 나름이다. 그 말을 듣고 와 집에서 어떻게 요리를 해 먹을지 정하는 것도 나란 말이다. 애초에 불분명한 원산지의 재료를 구매하는 하려는 마음의 이유부터 물어야 하는 것이 중요하겠지만 말이다.

2부

어떻게 살지, 어떤 마음으로 사는 것이 맞는지, 지금 살아가는 내 모습이 마음에 드는 지에 대한 모든 평가와 결정은 내가 내리는 것이다.

O

중은
제 머리를 못 깎습니다.

    중은 제 머리를 못 깎는다. 모든 일이 남의 일처럼 쉬웠다면 인생의 파고가 그리 크지 않았을지도. 조언이란 그리고 훈수란 얼마나 쉬웠나. 내 일을 남 일처럼 생각하고 산다면 실수가 크지 않았을까. 서른셋의 그는 많은 사람들이 찾는 심리상담소를 운영하고 있다. 거친 파도와 태풍이 불어 닥친 남의 인생에 구명조끼를 들고 애써 몸을 던지는 일에 감히 보람을 느끼고 있지만 정작 자기 인생에 부는 소용돌이는 어쩌지 못하고 태풍의 눈 안에서 고요함을 자처한다.

    대외적으로 그는 고요한 호수 같은 사람, 혼자여도 혼자인 대로 좋은 사람, 자신의 삶을 사랑하며 개척하는 사람쯤으로 보인다. 하지만 그 누구보다 관계 속에서 헤매며 끝이 없는 사랑을 갈구하는 사람이 바로 그였다. 끊임없는 사랑에의 갈구, 그것은 시험대에 상대를 올리면서 시작되었다. 관계가 더욱 깊어지기 전에 자기가 보여줄 수 있는 밑바닥을 아득바득 보여주면서 '이래도 네가 날 감당할 수 있겠어?'와 같은 비뚤어진 마음으로 상대를 찔렀다. 물론 지금까지 이상한 것을 빠르게 감지할 수 있는 능력을 갖춘 사람들은 그의 모습을 보고 초장부터 모두 도망을 가버렸다. 저마다 생존 방식은 다양한데 이상한 사람을 빠르게 감지하는 것도 그중 하나가 아닐까?

그런데 그 감지기가 고장 난 여자가 나타났다. 아주 단단히 고장이 난 모양이다. 이 남자가 어떤 추한 모습을 보여도 그녀는 그를 사랑스러워 마지않아 했다. 예를 들면 이런 식이다. 그는 만남을 가진 지 네 번째쯤이 되면 문득 상대방 여자에게 말한다. "우리 어머니가 너 싫어하실 거야." 얼마나 어이가 없었을까. 나라면 '뭐 이런 미친놈이 다 있어?' 하고 자리를 박차고 나왔겠지만 실제 당사자들은 그리 쉽게 행동으로 옮기지 못했다. 그런 무례하고 어이없는 말의 밑바탕에는 '내가 이렇게 개차반인데도 내 옆에 있어 줄 거지? 우리 엄마가 널 싫어하고 그만큼의 어려움이 닥쳐도 너는 내 옆에 있어 줄 거지?'가 깔려 있었다. 처음 한두 번은 자기가 만든 사랑이라는 감정에 홀려 이성적 판단이 어렵지만 대개 상처를 거듭하면 늦게나마 감지기가 작동해서 그를 떠나게 되는 수순이었다.

하지만 이번에 나타난 이 여자는 모든 것을 감내했다. 아니, 감내는 억지로 참았다는 뜻이니 감내가 아니라 기꺼이 희생하여 그를 사랑할 다짐을 더 했다. 날 선 선인장을 끊임없이 끌어안는 풍선처럼 터지고 찢어질 때마다 테이프로 구멍 난 자리를 메워가면서 밤마다 밤마다 선인장을 끌어안았다. 그렇게 그녀는 그가 가장 오래 만난 연인이 되었다. 이제 더 이상 보여줄 밑바닥도 더 긁어서 만들 부스럼도 없었나 싶던 그들에게 해결해야 할 문제가 남아 있었다.

그녀는 그를 만나며 꾸준히 잠자리를 미뤘는데 그때마다 남자는 "날 사랑하지 않는 거야?"라는 그가 할 수 있는 가장 독한 응수를 하며 그녀를 설득하려 애썼다. 하지만 그녀는 우리 관계에 조금의 시간이 더 필요하다며 그를 달래고 어르며 시간을 보내왔다. 그렇게 그들이 두 번의 계절을 함께 지나왔을 때쯤 드디어 꿈의 밤을 건너는 날을 맞이하게 되었다. 그녀는 벅차오른 감정을 삼키며 그의 목덜미를 안고 속삭였다. "인생 최고의 순간이었어. 사랑해."

가장 은밀하고 색이 짙은 꿈의 밤을 건너면서 이 세상에서 단 두 사람만이 공유할 수 있는 감정을 언어로 만들고 다듬어 오래 기억하고 싶은 마음이었다. 그로 인해 우리 사랑의 이야기를 한 장 더 써 내려가는 것만 같았다. 그러나 그건 단순히 그녀만의 착각이었나보다. 그 꿈의 밤은 그녀 혼자 건너고만 것인지 그날 이후로 그는 서서히 그녀에게 정을 떼는 것처럼 굴었다. 마치 엄청난 실연을 겪은 사람처럼 말이다. 그는 내담자를 맞이하고 누구보다 이성적으로 이야기를 들으며 분석하면서도 자기 자신은 그렇게 바라보지 못했다. 온종일 그의 머릿속에는 그녀의 목소리만 맴돌았다. "오빠, 인생 최고의 순간이었어."

'인생 최고라니? 그럼 그 순간에도 지나간 다른 남자들과 나를 비교했다는 거야? 어떻게 그럴 수 있지? 대체 몇 명과 나를 비교한 거지? 얘는 나를 어떻게 생각하길래 그 와중에도 남을 떠올린 거야. 이런 식이면 정말 곤란하지.'

그는 다른 지역에 상담을 하는 친구에게 연락을 했다. 그리고 지금까지 그녀와의 일을 털어놓았다. 그 친구는 그 커플의 모든 이야기의 전말을 다 알고 있었기에 중립적인 입장에서 그녀가 안쓰럽게까지 느껴졌다. 그를 찾은 남자의 말의 요지는 인생 최고의 순간이라는 그 말이 기분이 나쁘고 과거의 모든 사람과 비교당했다는 것이 불쾌하니 그 말을 꼭 그녀에게 전해야겠다는 것이다. 그 이야기를 들은 친구는 제발 아서라 하고 그를 뜯어말렸는데 그때 그가 이어서 한 말에 더 이상 그를 말릴 수가 없었다. "나 지금 팔 하나가 잘려 나가는 한이 있어도 이 말은 해야겠어."

팔을 하나 자르는 한이 있어도 해야겠다는데 누가 그를 말릴 수 있을까. 한 번 마음 안에 든 일은 결국 해버리고야 마는 것이다. 생각에도 없던 케이크 조각이 하나 머리에 떠오르면 일주일이건 한 달이건 안에 결국 먹고야 마는 것처럼, 그보다 백배 천배는 강한 충동이 자꾸만 뇌를 지배하는 것이다. 그래 놓고 주변에 묻는다. 이렇게 해도 될까? 저렇게 하는 건 괜찮을까? 정말 친구의 조언이 필요해서가 아니라 이미 내 마음에 버튼은 눌러졌는데 그 버튼을 함께 눌러 책임을 같이 질 사람이 필요했던 것이다. 남의 확신과 동의만 있다면 내 마음에 든 어떤 악도 저질러버릴 기세로 말이다.

그리하여 팔을 하나 내놓을 기세로 그는 결국 그녀에게 곧장 달려갔다. 그리고 다시 그들의 첫 만남으로 돌아간 것처럼 가시 세운 선인장으로 돌변하여 풍선에 가시를 쏘아붙였다. 아무 준비 없이 맞은 폭격에 멍하니 그의 말을 듣던 그녀는 여기가 끝임을, 누군가 구원할 수 있다는 희망과 기대는 나만의 공상이었음을 깨달았다. 매번 구멍 나고 찢어진 자리를 막아주던 테이프도 너덜너덜해져 이제 더 이상 풍선에 바람을 불어넣을 수도 없었다. 그녀의 마음은 한없이 쪼그라들어 부풀어질 여력이 없었다. 수명이 다한 고무 조각이 되어 그를 떠나야겠다고 생각했다.

그는 떠난 그녀의 자리를 슬퍼하지 않았다. 당연히 그럴 거라 생각했으니까, 처음 만난 날부터 단 한 번도 그녀의 마음을 믿어본 적이 없었다. 떠나가는 그녀에게 '결국 그럴 줄 알았어. 이런 일에 떠나는 거라면 넌 날 한 번도 좋아하지 않은 거야.'라고 생각하며 지난 모든 시간을 까맣게 흑칠하며 덮을 뿐이었다.

그는 오늘도 아무렇지 않게 상담실에서 내담자를 맞는다. 사람들은 아무에게도 말 못할 무거운 짐을 그의 앞에서 내려놓는다. 중은 제 머리를 못 깎는다. 자기 안의 문제를 발견하는 날이 오면 그는 자신의 무릎 앞에 그 짐을 내려놓을 수 있을까. 선인장이 스스로 선인장인지 알지 못할 때 다른 사람을 찌르고 다닐 수 있지만, 자신의 가시를 인지하는 순간 그것을 멈추게 되는 것처럼 힘들고 아프지만 자신의 가시를 하나씩 하나씩 뽑아낼 용기가 생기는 것처럼 그에게도 그런 기회가 오기를 바란다.

○

마음이 가난한 자

여러 번 썼으므로 더 이상 쓸 거리가 아니라고 생각했다. 이건 선물, 그놈의 선물에 관한 이야기다. 친구가 되면 나는 상대에게 자주 '무엇'을 주었다. 내가 좋아하는 것들 위주로 내가 썼을 때 좋았던 것, 내가 먹었을 때 맛있었던 것, 내가 봤을 때 멋지고 예쁘고 귀여운 것들로 잔뜩. 아무 날도 아닌데 별 이유 없이 선물했다. 상대방이 선물을 좋아할 거라는 기대감은 무엇보다 나를 설레게 했다. 왜 이 선물을, 왜 하필 이때 하는 것인지 스스로 궁금해할 줄을 몰랐다. 마음에도 지능이 있다면 아메바 수준, 차원이 있다면 2차원도 되지 않는 수준으로 사고했다. 보이는 것이 전부라고 믿었던 단순했던 어린 시절이었다.

승주와 내가 친구가 된 지 얼마 되지 않았을 때 승주 집에 초대를 받았다. 그날도 어김없이 무얼 사갈까 골똘히 고민을 했는데 집을 화사하게 밝혀 줄 꽃을 사 가면 좋겠다고 생각해서 예쁜 꽃다발을 주문했다. 단 하루만 살고 시들어버릴지언정 그 싱그러움을 품 안에 안았을 때의 벅차오름이 좋아 승주에게도 그 순간을 선물하고 싶었다. 꽃의 종류는 국화. 가을이 완연했을 때라 노란색 국화를 한 아름 골랐는데, 꽃말 같은 건 유치하다고 생각해 찾지도 않았다. (글을 쓰며 찾아보니 노란 국화의 꽃말은 놀랍게도 '실망'이라고 한다. 이건 굉장한 복선 역할을 한다.) 딩-동. 승주가 빼꼼 얼굴을 내밀고 나를 집안으로 안내하면서 슬쩍 내 손에 들려진 꽃다발을 보는 눈짓이길래 서로 민망하지 않게 어서 꽃다발을 승주에게 안겼다. '우와- 너무 예쁘다. 고마워. 뭐 이런 걸 다 사와. 빈손으로 와도 되는데!' 정도의 상투적인 반응이면 됐을 것이다. 아니, '아이 예쁘다. 고마워. 어서 앉아~' 만 됐어도 좋았을 텐데. 승주는 꽃다발을 한 번 휙 내려 보더니 쓰레기통 옆 바닥에 내려두고 부엌 의자에 앉는 것이었다. 내 돈으로 선물을 준비하고 들뜬 기분으로 와서 오히려 그때부터 불편한 눈치를 살피게 되었다. 승주가 뭐라고 하건 아무 말도 들리지 않았다.

'왜지? 국화를 싫어하나? 꽃 알레르기가 있나? 물어볼까?

물어봤다가 감정이 상하면 어떡하지? 근데 대체 얘는 뭔데 남의 호의를 이런 식으로 대하지?' 마음에 온갖 의문이 올라오면서 표정이 울그락불그락 숨길 수가 없게 되었다. 분위기가 어색해지자 승주가 입을 뗐다. "왜 말을 안 해? 뭐가 불편해?" 소심한 나는 그래도 할 말은 해야지 싶어 차분히 마음을 가다듬고 말했다. "아니, 그래도 너희 집 놀러 온다고 꽃다발 사 왔는데 보자마자 내팽개쳤잖아. 혹시 꽃 안 좋아해? 알레르기 있어? 저렇게 바닥에 내버려 둔 거 보고 실은 마음이 서운해 승주야." 그리고 돌아온 승주의 대답은 그 뒤 내 말문을 콱 막아버렸다.

"내가 꽃다발을 별로 안 좋아해. 꽃다발을 보면 꼭 잘 살아있는 사람 머리를 댕강 잘라서 폼알데하이드에 절여 전시하는 것처럼 보인단 말이지. 그것도 인간 욕심 채우자고 뿌리내리고 살아있는 꽃을 댕강목을 쳐서 쓰는 거잖아. 참 잔인한 일이지."

승주의 낯선 모습이 순간 소름이 돋을 정도로 무서웠다. 꽃다발을 보면서 사람의 잘린 목을 상상할 수 있다는 것도 놀라웠지만 자신을 위해 누군가 준비해준 선물을 두고 면전에 대놓고 그런 말을 할 수 있다는 시건방짐에도 적잖이 놀랐다. 아무리 제 잘난 맛에 산다지만 안하무인과 오만방자함의 끝을 본 듯 화가 치솟았다. 그리고 민망했다. 연기처럼 사라지고 싶었니. 그 말을 들었을 때는 지금 부터어 내가 사람 목이라도 쳐서 가지고 온 무식한 백정처럼 느껴졌으니까. '그래, 그렇지만 사람마다 생각이 다를 수는 있지. 꽃다발을 그렇게 받아들일 수는 있지. 하지만 성의를 저렇게 무시하는 건 아니지. 얘 또라이네 진짜.'

감정을 꾹 참으며 나는 말했다. "아, 그래? 그럼 저 꽃다발 내가 집에 다시 들고 갈게. 너 저거 저렇게 두면 그냥 버릴 거잖아. 마음 아프네. 내 성의가 버려지는 것 같아서." 승주는 쓰레기통 근처에도 눈길 하나 주지 않고 "그래. 그래라."라고 말했다. 속으로 궁시렁궁시렁 마음속으로 승주 욕을 하면서 꽃다발을 주섬주섬 챙겨 집에 가져갔다. 그리고 벽 한 편에 거꾸로 걸어두고 2년 가까이 말려 보관했는데, 그걸 그렇게까지나 가지고 있었던 이유는 어쩌면 그 꽃다발이 승주에게 거절당한 내 마음 같아서 쉽게 버리지 못했지 않았을까. 그날 거절당한 것은 꽃다발이 아니라 내 마음과 정성이었을 테니까. 몇 년을 그렇게 버리지를 못했다.

그 일이 있고서 5년이 지났다. 승주와는 그럭저럭 토라지고 화해하고, 세상 떠나갈 듯 웃고 울며 시간을 쌓았다. 그런 우리에게 올해도 어김없이 가을이 왔고 다시 국화의 계절이다. 주말 오전, 기분 좋게 일어나 승주와 전화를 하며 꽃집을 지나가는데 노란 국화가 눈에 들었다. 그래서 "승주야, 지금 내 눈앞에 노란 국화가 있어. 기억나니? 꽃다발 너 혐오 했잖아. 그때 나 얼마나 상처받았었는지. 큭큭" 라며 지난 일을 떠올리며 말했다. 그랬더니 승주는

"기억하지. 사람 머리 댕강 자른 것 같다고 내가 했었나?"

"응, 진짜 무섭고 섭섭했어."

"그땐 미안했어. 내가 여유가 없었어. 일도 너무 바빴고 지금만큼 이렇게 너그럽지도 못했지. 마음이 가난한 시절이었어, 그때. 미안해."

"그래. 사과는 잘 받을게. 근데 나도 그때 돌아보면 그래. 뭘 그렇게 남한테 주려고 했었다? 조금만 친해지면 마치 이 관계는 돈독해야 해! 라는 확신을 만들듯 내가 좋아하는 것들을 자

꾸 상대에게 심어두려고 했어. 그땐 그런 걸 궁금해할 줄도 모르고 오로지 이 선물을 상대가 좋아하는지만 관심 가지고, 싫어하면 왜 싫어할까만 궁금해했지. 그러고 보면 나도 마음이 참 가난했었어. 내 마음이 풍족해서 뭘 자꾸 나눠주려고 했던 게 아니라, 오히려 너무 마음이 가난해서 물건을 선물하고 상대의 마음으로 내 마음을 채우려고 했던 것 같아. 우리 둘 다 가난했었네. 그치?"

"그러게. 현녕쓰, 많이 컸다?"

"네가 그런 시건방진 말 할 때마다 난 정말 화가 난다^^ 하하 근데 그게 벌써 5년 전 일이네. 다행이다. 참 다행이라는 생각이 들어. 5년 전의 가난했던 마음을 바라볼 수 있어서, 그때가 많이 어리석었음을 알고 그 시간을 반추할 수 있어서 다행이야. 그때와 지금이 같았다면 여전히 꽃다발을 거절한 너만 미워하고 있을 것 같은데, 그러고 보니 네 시건방진 말이 맞긴 하네. 5년 전보다 나 많이 성장했다? 허허허"

누구에게나 마음이 가난한 때가 있다. 5년 전 가을은 가난해도 가난한 줄 몰랐다. 가난을 몰라서 가난을 벗어나고자 하는 마음도 없었다. 지금의 마음은 그날보다 풍족해졌을까. 아쉽게도 여전히 마음의 곳간이 가득 차 있지는 않다. 하지만 빈 곳을 알고 있으므로 그 아래의 밑바닥에 무엇이 있을까 궁금해한다. 그러므로 채울 수 있는 것이 무엇일까 고민해 볼 수 있다고 생각하며, 함께 성장하는 친구가 있어 고마운 날이다. 비록 내 돈을 주고 노란색 실망을 샀던 그날에 생채기가 났지만, 그 위로 생긴 단단한 굳은살이 몰랑한 마음을 보호해줄 수 있으리라 기대하며 말이다.

○

MZ세대 따라잡기

1) 700

마주 앉은 친구가 갑자기 휴대폰 메모장을 켜서 숫자 700을 써서 내밀었다. "이게 뭐게?" 나는 보이는 그대로 어쩌면 우리 아버지가 대답할 법하게 "칠백"이라고 말했다. 친구는 예상이나 했다는 듯이 "아니, 요즘 친구들이 쓰는 말이래. 뭐게? 맞혀봐." 나는 한참 머리를 굴렸다. 아! 불현듯 뭔지 알겠다는 듯 "이거 오늘 '700 비어' 가자는 뜻?" 친구는 자지러지게 3초 정도 웃더니 안쓰럽게 나를 쳐다봤다. "이거 ㄱㅇㅇ를 700이라고 쓰는 거래. ㄱㅇㅇ는 뭔지 알지? 귀여워를 초성만 따서 쓰는 거." 어이가 없어서 씁쓸한 웃음을 띠면서 나는 말했다. "와 요즘 신세대들이 이런 말을 써? 땅속에 계신 세종대왕님이 공노하실 일이다." 벌레 보는 듯한 표정을 지으며 친구는 "신세대라는 말 쓰는 것도 옛날 사람이라는 증거야. 요새는 MZ세대라고 해. 그리고 그 땅속 세종대왕님 이야기도 진짜 옛날 레퍼토리 아니냐..."

2) 구취

입시 학원에서 일할 때의 일이다. 서른이 훌쩍 넘은 내가 그 학원의 가장 막내였으니 내 업무 환경이 어느 정도 유행에서만큼은 한 걸음 느렸을지 가늠이 가는가. 함께 일했던 선생님들은 모두 나와 열 살 차이는 나는 분들이셨다. 그래도 40대 초중반의 선생님들은 나름의 젊은 감각과 깨어있는 마인드를 가지고 계셨는데 그들과 함께 회식이 아닌 개인적인 술자리를 가질 정도였으니 나는 크게 그들과 차이를 느끼지 못했었던 것 같다. (지금 생각해보니 나도 그만큼 유행에 뒤처졌기 때문이 아니었을까 소름이 돋는다. 나름 젊은이라고 생각했었는데 말이지)

그날 술자리 주제는 요즘 학생들이 사용하는 줄임말이었다. 줄임말이야 내가 고등학생일 때부터 있었으니까 나는 나름 자신이 있었는데 예를 들어 뻐정(버스정류장), 아라(아이라이너), 빠바(빠리바게트), 배라(배스킨라빈스), 미자(미성년

자), 빠충(빠떼리 충전기), 자만추, 금사빠도 아는데 뭐 이 정도쯤이야 라고 나는 신세대임을 자부했다. (그렇다. MZ세대가 아니고 나는 신세대다.) 선생님이 퀴즈를 냈다. "구취가 무슨 말의 줄임말이게요?" 구취? 입에서 나는 불쾌한 냄새를 두고 낸 문제는 아닐 테고 한참 고민하다가 자신 있게 큰소리로 나는 외쳤다. "구라 취지마~~~!!!" 문제를 낸 선생님은 앞서 700문제를 낸 친구와 똑같은 표정을 지었다. 구취는 대유튜브 시대에 <구독 취소>로 쓰이는 줄임말이라 했다. 쏩쓸히 소주 한 잔을 들이켰다.

3) K-버튼

NRG라는 그룹을 아는가. 한때 한류를 주도했던 아이돌 그룹이다. 그 뒤로 동방신기, 비, 슈퍼주니어와 같은 그룹이 뒤이었는데, 우리 문화가 세계에 널리 알려질 때 썼던 단어가 <한류>였다. 그때 한류를 주도했던 아이돌의 음악이 K-POP이 되었고 요즘은 KOREA의 가 어느 단어 붙여쓰기하는 듯하다. 코로나가 확산하면서 우리나라의 방역 시스템을 칭찬할 때에 쓰인 문구도 K-방역이었으니 K 전성시대가 온 것일까. 이외에도 모든 단어 앞에 K만 붙으면 한국만의 고유한 느낌이 담긴 말이 되었다. K-장녀, K-푸드, K-떡볶이 등 아무 단어에나 붙어도 제 옷을 입은 듯 자연스럽다.

수많은 K 중에 기억에 남는 것은 인스타그램 둘러보기에서 본 K-버튼이다. 엘리베이터에 타면 문 닫힘 버튼만 유독 덧칠이 벗겨져 해져 있는데 그것을 성미 급한 한국 사람들을 대변하여 K-버튼이라고 한 것이다. 매일 의식하지 않고 보는 것이고 나조차도 뒤에 타는 사람이 없으면 꾹꾹꾹 세 번은 누르면서 문을 닫으니까 크게 살펴볼 생각도 없었다. 그런데 거기에 K를 붙이다니 그 재치가 얼마나 재밌었는지 유독 뇌에 깊게 남았나 보다.

얼마 뒤, 25세의 MZ세대인 진희와 약속이 있었다. 우리는 밥을 먹으러 건물로 들어가 엘리베이터를 탔는데 그곳 역시 닫힘 버튼만 칠이 벗겨져 있는 것 아닌가. 오호! 써먹을 때가 왔다 싶어 그 찰나에 진희에게 "진희야, 이거 K-버튼이야 큭큭큭 웃기지?"라고 했는데 진희는 또 앞서 700을 알려준 친구와 같은 표정을 짓고 있었다. 나는 무안했지만 내심 그걸 아는 채 할 수 있어서 기뻤다. 우리는 카페를 갈 때에도 우연히 엘리베이터를 타야 했는데 또 닫힘 버튼이 하얗게 벗겨져 있어 "진희야! 이거, 이거! K-버튼!" 그랬더니 진희는 "에휴 언니, 뭐

하나 또 배웠다 배웠어. 정말 웃겨."라며 하나도 안 웃긴 표정
을 짓고 있었다.

4) 스우파

TV 프로그램을 잘 챙겨 보지 않는다. 집에 TV가 있지만
틀어서 본 마지막은 도쿄 올림픽 폐막식이었으니 드라마나 예
능은 전혀 챙겨보지 않는다는 말이다. 오랜만에 만난 수지는 "
언니, 요즘 스우파 재밌더라고요. 요즘 제일 핫한 것 같아요."
라고 했다. "스우파? 스푸파 아니야? 스트리트 푸드 파이터는
알아. 그 백종원 아저씨." 수지는 조금 당황하며 "아니... 언니
스트리트 우먼 파이터요. 그 춤추는 여자 댄서들..." 난생처음
듣는 말이었다. 스우파? 그리고 이제 조금은 위기감이 들었다.
이렇게 밀려나는 것이구나. 공부를 해야 할까? 이걸 공부한다
는 마음 자체도 세대가 다르다는 거겠지. 공부는 어디서 하는
걸까.

○
자신의 외모 중 마음에 드는 부분은?

저는 학교에서 독서 토론 논술을 가르치고 있어요. 중학교 1학년 학생을 대상으로 수업을 하는데요. 그래서 때로 예상치 못한 아이들의 순수함을 만날 때 소름이 돋을 정도로 행복하고 또 감사함을 느낍니다. 비록 자주 오는 순간은 아니지만 지난 시간이 바로 그런 날이었어요. 그날 아이들과 함께 이야기를 나누어 본 주제는 바로 '외모'였는데요. 토론 논제는 '외모를 희화화하여 웃음을 주는 프로그램에 대한 사회적 제재가 필요한가?'였고 정해진 정답이 없는 수업이라 손을 들고 자기 의견을 이야기해보고 다른 친구들 이야기도 들어보며 사고를 확장해 나가는 그런 수업을 함께 만들어 나갔답니다.

그리고 주제와 관련된 질문을 하나 더 준비해 갔습니다. 바로 <자신의 외모 중에서 마음에 드는 부분을 모두 적고 그 이유를 함께 이야기해 봅시다> 였어요. 이 질문의 의도는 아이들이 그 누구와의 비교 없이 있는 그대로의 스스로를 좋아하는 마음을 가졌으면 해서였습니다. 남에게 인정받아서가 아니라 아무 이유 없이 자신이 스스로를 인정하고 소중히 여기는 마음이 얼마나 중요한지, 그 힘이 어른이 되었을 때 이 어려운 세상을 살아가는 데 얼마나 큰 힘이 되는지 간접적으로나마 일러주고 싶어서였어요.

아이들은 이 질문을 받고 "선생님, 저 팔꿈치 적어도 돼요?", "선생님, 손톱도 외모에 들어가요?" "선생님, 저 지난번에 손가락 찢어졌을 때 하얀색 뼈를 봤는데 마음에 들었어요. 그거 써도 돼요?", "선생님, 저는 새끼발가락에 있는 주름이 예뻐요." 아이들 몇몇이 이런 장난 섞인 이야기들로 마구 떠들었는데요. 그 아이들도 조용히 고민하는 몇몇 아이들을 따라 이내 숙연해지며 연필을 쓱싹쓱싹 굴려 가며 자기 자신을 바라보는 시간을 가졌습니다. 거의 모든 아이들이 다 적었을 때쯤 먼저 발표할 사람 거수를 하도록 했어요. 아무리 발표를 잘하는 친구들이라도 이런 내용의 발표는 쑥스러워하기 일쑤라 큰 기대를 하지 않았는데 맨 앞에 앉은 유정이가 손을 번쩍 들었어요. 그리고는 드르륵- 의자를 빼고 일어나 큰 소리로 읽어나 갔어요.

"저는 제가 가진 외모 전부~~~~ 다 마음에 듭니다!
왜냐하면 제가 이 세상에서 제일 사랑하는 두 사람이 만들어 준 것이기 때문입니다.
이상입니다."

유정이의 그 짧은 발표를 듣고 나서 마음이 찡하게 울렸습니다. 뱃고동이 울리듯 요란하게 가슴이 떨렸습니다. 눈에 금세 눈물이 고여서 스스로도 놀랐습니다. 아마 아이만이 할 수 있는 그 귀하고 순수한 생각이 너무 예쁘고 감동적이라 그랬을 거예요. 집에서 한 발짝만 나서도 능력으로 외모로 성격으로 가지 각각으로 평가당하는 세상 속에서 때가 타고 주눅이 들기도 하고 애써 승리감을 느끼기도 하면서 나는 이렇게 어른이 되었구나, 느꼈습니다.

아이들에게 가르치면서 동시에 많은 것을 배웁니다. 외모보다 내면의 가진 것을 바라보는 눈을 키우자고 실컷 떠들었지만 아이들은 사실 사람을 외모로 능력으로 판단한 적이 없었을지도 모릅니다. 동시에 어른의 눈으로 미리 걱정하여 아이들을 다그치는 일들이 얼마나 많을까 생각해보는 시간이었습니다,

○
귀리 라테의 씁쓸함 上

한때 사무치게 좋아했던 사람이 있습니다. 저보다 열두 살이 많은 그는 작은 카페를 운영했어요. 오가는 사람이 많지 않은 자리에 위치한 카페는 라테 한 잔을 시켜 글을 쓰다 보면 얼음이 다 녹아 싱겁고 맹맹한 우유가 될 때까지 손님이 나 혼자인 날도 많았습니다. 저는 매번 같은 라테를 시킵니다. "귀리우유가 들어간 라테로, 시럽은 조금만 넣어주세요." 요구 사항이 많은 주문은 그의 기억에 남기 딱 좋은 수단이었어요. 물론 의도하지 않았지만요. 다음 날도 비슷한 시간대에 카페에 들어서 가벼운 묵례로 인사를 하고 주문을 해요. "귀리라테 한 잔이요." 그럼 사장님은 마치 다음 노래 가사를 이어 부르듯 "시럽은 조금만 넣으면 되지요?" 저는 빙그레 웃으며 고개를 끄덕이고 카드를 건네 드립니다. 다음 날, 그다음 주, 그다음 달도 저는 그렇게 수십 잔의 귀리라테를 마셨어요.

 몇 달을 친한 친구보다 더 자주 얼굴을 본 사장님과 혼자만의 내적 친밀감이 쌓였을 때쯤 여느 날처럼 라테를 주문하고 카드를 내미는데 대뜸 어떤 일을 하시냐고 사장님은 저에게 물었습니다. 살아온 경험은 수많은 데이터로 축적되어 상대 말의 표면적 의미뿐 아니라 그 속에 깔린 저의까지도 파악할 수 있도록 합니다. 추측하건대 제가 매일 같은 시간에 와서 공부를 하는 것 같지는 않고 심각한 얼굴로 종일 노트북을 두들겨 대는 모양이 꽤 신기해서 물어보신 것이라 생각이 들었는데요. 누군가 저에게 뭐 하는 사람이냐 물어오면 쉬이 작가라고 대답을 하지 못합니다. '글을 씁니다.' 라고는 말할 수 있어도 (이마저도 매우 작게 소리를 으깨며) 작가라는 호칭은 스스로를 대문호라 칭하는 것 같아서 피하고야 말게 됩니다.

 그래서 저는 기어들어 가는 목소리로 말했습니다. "글을 쓰고 있어요." 사장님은 어떤 긍정적이거나 부정적인 감정 표현 없이 제가 어떤 글을 쓰고 있는지 관심을 가지셨어요. 그리고 '고생이 많으시네요.'라고 다독여주는 눈빛으로 눈을 바라봐 주었습니다. 그리고 곧 커피가 나왔는데 글 열심히 쓰시라며 조각 케이크를 같이 주셨지요. 말수가 워낙 적으시고 무뚝뚝해 보여서 이런 식의 친절이 더욱 크게만 와 닿았습니다. 저는 누가 저에게 잘해주면 그걸 가만히 받지 못하는 성미를 가졌습니다. 그래서 반드시 그만큼 아니 그 이상으로 갚아주어야 마음이 놓이는데요. 케이크를 받았으니 무얼 드려야 할까 고민하다 시골에서 가져온 사과와 배를 한가득 드렸는데 그다음 번에 갔을 때는 쿠키를 내어주셨습니다. 달콤한 쿠키와 과일이 오가고 상냥한 언어가 오가다 이름이 오가고 연락처가 오갔습니다.

그리고 저는 조심스레 제가 쓴 책을 건넸습니다. 이건 스스로를 작가라고 부르는 일보다 더 큰 자신감과 용기가 필요한 일이었습니다. 그는 여태껏 제가 건넨 과일이나 빵과 같은 주전부리를 받았을 때와는 다르게 책을 받아 들고 한참 고마움을 말했습니다. 나중에 안 일이지만 제가 선물했던 책은 이미 그가 읽은 책이었습니다. 아마 인터넷에 이름을 알고 인터넷에 검색을 해본 모양이었어요. 그의 그런 마음은 나를 울리기에 이미 충분했었을까요.

내가 사랑하는 모든 것들은 나를 울리고 맙니다. 영원히 함께 어울릴 것 같던 단짝친구가 다른 지역으로 전학을 떠났을 때, 매일 하굣길에 내 머리를 쓰다듬어 주고 고사리손을 주물주물 잡아주던 옆집 할머니가 돌아가셨을 때, 일곱 살 강아지가 하루아침에 숨을 헐떡이며 내 손에 힘없이 축 늘어져 차갑게 식어갔을 때, 나는 많이도 사랑했기에 울고 말았습니다. 귀리 라테를 만들어주던 그를 사랑하게 되었습니다. 훗날 그로 인해 많이 울게 될 거라는 것도 알면서 말이에요.

그의 카페는 자연히 단골 작업실이 되었습니다. 옆으로 난 창가에 앉아 종일 글을 쓰고 손님이 없을 때는 제 옆자리에서 책과 잡지를 함께 읽었습니다. 가게 앞에 자주 나타나는 고양이를 함께 돌보기도 하고 그가 병원이나 은행을 갈 때면 대신 자리를 지키기도 했지요. 그는 고요한 사람이었어요. 모자라거나 흘러넘치지 않았습니다. 완전한 형태의 사랑을 받고 자란 사람임에 틀림없다고 느꼈으니까요. 있는 그대로 사랑받아 마땅한 어린 시절, 한 번도 부정당해본 적이 없는 사람에게서 느껴지는 분위기가 풍겼어요. 나와는 반대인 사람이라 제 마음이 더 크게 향했을까요. 그에게서 채우고 싶었던 걸지도 모르겠습니다.

사람과 사람이 친해지는 데에 서로의 정보를 공유하는 속

도와 그 깊이는 비례하는데, 아무리 자주 통화를 하고 이야기를 나누어도 일정 깊이 이상 그를 알 수가 없었습니다. 제가 아는 건 그 사람 이름과 전화번호 그리고 사는 동네 정도였으니까요. 둘 사이에 그 이상의 것이 뭐가 필요한가도 싶었지만 베일에 싸여 있는 듯한 느낌을 지울 수가 없었어요. 집안 사정이 크게 좋지는 않다고 했던 이야기 정도였을까요. 그것마저 흘려보내듯 들었지만 내가 도와줄 수 있는 것이 없었으므로 그저 옆을 지켜야겠다고 다짐했습니다.

겨울의 끝자락에 우리는 일본으로 여행을 떠났어요. 그와 닮은 귀리 라테와 비슷한 맛이 나는 도시였어요. 일어를 하나도 모르는 저와 달리 어느 정도 의사소통이 가능했던 그 사람 덕분에 혼자였다면 못 누렸을 재미도 누릴 수 있었는데요. 그가 자주 갔다던 단골 음식점, 빈티지 옷 가게, 작은 서점 그리고 카페. 우리는 짧은 시간 동안 같은 이야기로 많이 웃고 맛있게 먹으며 같이 길을 걸었습니다. 그는 오래 걷다가 잠시 앉은 벤치에서 중지음의 믿음직한 목소리로 이야기를 했습니다. "오래 보고 싶어요."

여행을 가면 순간을 잡아두는 방법으로 대개 사진을 남기잖아요. 저는 보통 동영상을 찍어두거나 음성녹음 기능을 장시간 켜둡니다. 또는 그 공간에서 느껴지는 감정을 글로 옮겨놓습니다. 오사카에서 교도로 향하는 기차에서 역무원과 승객들의 뜻 모를 이야기를 음성메모로 남겨두고 한국으로 돌아오는 비행기에서 이어폰을 나눠 끼고 함께 들으며 아쉬운 여행의 끝을 함께 마무리하기도 했지요. 그와 잠시 앉았던 벤치에서 오래 보자는 그의 말이 여전히 음성 메모 파일로 남아 있는 것은 이제 저만의 추억이 되었습니다.

그렇게 해가 지나가고 봄이 왔을 때, 어딘가 달라진 그는 봄의 소생에 자기 몫까지 기대고 싶은 사람처럼 보였습니다. 듣자 하니 경제적인 사정이 많이 좋지 않다고 했어요. 카페를 하면서 두 가지 일을 동시에 할 수 없다고 했으니까요. 직원을 둘 여유조차 없어서 폐업까지도 염두에 두고 있으니 그의 속은 말이 아니었을 거예요. 자기 한 몸만 먹이고 입히는 일도 버거운 세상인데 여의찮은 집안 사정에 하루하루 속이 검게 타들어 가는 그의 마음이 어땠을까 짐작하기도 어려웠습니다. 저역시 글과 목소리를 팔아 어렵게 지냈던 터라 달리 방법이 없었습니다.

그 때문인지 점점 그는 바빠졌습니다. 귀리라테를 먹을 수 있는 날이 자꾸만 줄어들었어요. "미안해요. 카페 문을 닫고 다른 일을 하러 나가봐야 할 것 같아요. 내가 다시 연락할게요." 그는 가게를 내놓았더라고요. 전처럼 나란히 앉아 책을 보거나 낙서를 하며 장난을 칠 수 없었어요. 큰 현실이 닥쳐서 그 태풍의 눈 속에 그 혼자 빨려 들어간 것처럼 그를 서서히 보기가 어려워졌습니다. 하루에 한 번 오던 전화가 사흘 나흘, 일주일이 넘게 그의 그림자도 찾을 수가 없게 되었어요.

연락이 안 되면 찾아가서 부추기거나 그의 의중을 알려고 노력하는 대부분의 사람들과 다르게 이럴 때 가만히 내 자리를 지키고 기다리는 것이 그를 위한 유일한 나의 도움이라 생각했습니다. 그래서 마음으로 기도하며 평소보다 더 열심히 제 삶을 살았습니다. 이주, 삼 주, 한 달이 지나서는 카페가 하루 아침에 없어졌다는 것도 알게 되었습니다. 내가 꿈을 꿨나 싶은 정도로 연기처럼 한 사람이 온데간데없이 사라져버렸어요. '그래도 기다리면 연락이 올 거야.' 이렇게 어처구니없게도 저는 많이 어렸습니다.

성장 소설에서 주인공이 뼈를 깎는 시련과 갈등을 겪으며 성인의 세계로 입문하는 것처럼 저는 기다림으로써 내적 성숙을 이루기 위해 노력했습니다. 소식 없는 그를 기다린 지 서너 달쯤 되었을까요. 한동안 볼 수 없던 그의 이름이 휴대폰 창에 나타나면서 긴 휴대벨이 울렸습니다.

(다음 화에 이어서)

○
귀리 라테의 씁쓸함 下

"여보세요, 현녕씨. 뭐 하고 있어요?"

석 달 만에 듣는 그의 목소리였습니다. 매일 밤 전화로 하루 일과를 속삭이는 사이처럼 그는 아무렇지 않게 제가 뭐 하고 있는지를 궁금해했습니다. 지금 생각해보니 그의 치졸한 자기방어가 아니었을까 합니다. 미안한 일이지만 미안해하지 않기로 마음먹은 사람처럼 말이에요. 저는 이상하게 아무 감정이 들지 않았어요. 뭐 하고 있냐는 그의 질문에는 대답을 하지 않았습니다. 울컥 아무 말이라도 쏟아졌으면 했는데 당황하면 말수가 줄어드는 성격 탓에 마치 감동하여 말을 잇지 못하는 사람이 되어 꼼짝없이 그의 다음 말을 기다렸습니다. 그리고 그는 자기 사정을 설명했습니다.

그는 우리 동네의 카페를 정리하고 다른 일을 시작해서 정신없이 바빴다고 했어요. 그 가짜 변명 뒤에 숨겨진 진짜 이야기를 펼치기 조심스레 꺼냈습니다. 집안 사정이 어려워 바빠서 연락을 못 했다는 이야기는 사실 핑계였다면서 말이에요. 그리고 사실은 그에게 오래 만난 여자 친구가 있다고 했어요. 미리 말 못해서 정말 미안하다고 했는데 그건 크게 와 닿지 않았습니다. 가까이 지내던 여자 친구가 일 때문에 장거리 연애를 시작했는데 생각보다 길어지면서 그들의 관계가 느슨해졌었다고, 그리고 그 틈에 저를 마음에 두었던 것이라고 이야기를 했어요. 저를 좋아했던 것도 사실이라는 걸 강조하던 그의 모습이 지금 이 글을 쓰면서 코웃음 치게 합니다. 끝으로 그는 카페를 정리하고 여자 친구가 있는 지역으로 아주 가버렸다고 했습니다. 그리고 그는 계속 미안하다는 사과를 했습니다. 제가 '괜찮아'라고 하면 그 죄가 금방 씻어질 거라 믿는 사람처럼 말이에요.

저는 심장이 쿵쾅쿵쾅 그와 처음 손을 잡은 날처럼 뛰었습니다. 그것과 비슷한 심장박동수였을 거예요. 그런 점에서 만

남과 헤어짐은 그 궤를 같이하는 걸까요? 마른침을 꼴깍 삼켰습니다. 그리고 지금보다 훨씬 약하고 물렀던 어린 날의 저는 수화기에 대고 사람이 어떻게 그럴 수 있냐고 엉엉 크게 울었습니다.

이십 대의 저는 날 것에 가까웠습니다. 그래서 다듬어지지 않은 채로 여기저기 제 감정을 모두 드러내며 누군가를 찌르기도 하고 저보다 더 강한 것에 부러지기도 했습니다. 세상을 향해 소리치면 누군가 응답해줄 거라 굳게 믿었던 치기 어린 때였습니다. 외면과 무시 그리고 배신도 반응이라면 반응이었겠지요. 그것마저 어른이 되어가는 과정이라 생각하는 것은 어린 날의 값비싼 합리화였을까요. 저는 그렇게 여전히 몽돌처럼 맨들맨들, 둥글어지고 있습니다.

네가 나한테 어떻게 그럴 수 있냐며 엉엉 울고, 상대는 미안하다 사과하고. 정말 이렇게 끝인 거야? 확인하면 그렇다 미안하다 하고. 잘 지내라는 말을 뒤로하며 전화가 뚝- 맞습니다. 21세기의 사랑과 이별은 이다지도 쉽고 빠릅니다. 아차, 사랑이라는 이름을 붙이기도 우스운 일이었기에 이별 역시 우스웠던 걸지도 모르겠습니다. 그다음 수순은 그 위대하고 온 세상을 뒤덮는 사랑의 부스러기를 치울 차례입니다. 지질하고 생각보다 귀찮고 치사한 일입니다. 상대의 흔적을 지우는 일인데요. 전화번호를 지우고 사진첩의 사진을 지우고 SNS 계정 팔로우를 끊어내는 일 따위를 말합니다.

이에 대한 이야기를 친구와 나눈 적이 있습니다. 오히려 정반대로 상대를 쉽게 잊지 못하는 사람들이야말로 온갖 흔적을 굳이 찾아서 지우기 바쁘다는 것이지요. 마음의 길이가 이미 애저녁에 다 한 사람은 사진첩에 그 사람의 사진이 있는지 없는지, 아니 있어도 있는가 보다 하고 크게 신경도 쓰지 않습니다. '아? 카톡에 있었나? 전화번호를 내가 지웠나?' 아니, 이런 순간의 자각도 사실 없습니다.

네. 저는 그와 '진짜' 이별을 한 그날 밤, 눈에 눈물을 그렁그렁 매달고 휴대폰 화면이 뿌옇게 잘 보이지도 않는데 흔적을 지우기 시작했습니다. 전화번호를 우선 지웠습니다. 그리고 카카오톡 대화방과 계정을 지우려고 한참 아래에 있던 그 사람 계정을 찾았습니다. 그새 어제와 다른 프로필 사진으로 바뀌어 있어 '이놈이 그사이에 프로필 사진을 바꿔? 참 어이가 없네. 뭐야?' 하며 크게 눌러보았는데요. 사람이 별안간 예상치 못하게 어이없는 일을 당하면 웃음부터 나오지 않습니까. 저는 눈물을 흘리며 허탈하게 웃어 보일 수밖에 없었습니다. 턱시도를 입은 그의 모습, 그 덕분에 턱시도 트라우마가 생겨 친구들 웨딩사진 속 신랑들을 보면 PTSD가 살짝 오기도 합니다. 이 세상의 모든 턱시도 남편들을 미워하게 해준 그에게 제 친구들은 고마워해야겠습니다.

귀리 우유가 들어간 라테를 그의 카페에서 처음 알게 되었습니다. 그런데 저는 이상하게도 턱시도처럼 귀리라테를 미워하진 않습니다. 오히려 귀리라테가 메뉴로 있는 카페를 만나면 그때의 순수했던 제 모습이 좋아 따뜻함과 애틋함을 느낍니다. 그 시절의 저를 제가 기억할 수 있도록 해주는 음료가 되었으니까요. 고마운 마음으로 혀를 굴리며 그 쌉쌀함을 되새김질합니다. 그리고 날 것이었던 저는 적절히 가면을 쓸 줄 아는 어른이 되어가고 있습니다. 발톱을 잘 숨기고 맨들맨들한 몽돌처럼 부딪히고 깎여가는 중입니다.

도무지 이해가 가지 않았을 때는 인간 세계에서 사람과 사람 사이의 연을 이어주는 절대자가 혹시 존재한다면 그가 반드시 필요한 이유로 이 사람을 내 곁에 보내준 것이라고 생각했었습니다. 그렇게라도 받아들이지 않으면 나의 괴로움을 달리 해결할 수가 없었으니까요. 귀리라테를 알려주고 사랑의 쓴맛도 알려준 그에게 감사한 마음을 이렇게 가질 수 있는 것을 보니 정말 제가 성장한 듯한 마음에 뿌듯합니다. 나에게 왔을 때는 와서 좋았고 머무는 동안에는 서로가 필요한 사람이었을 테니 좋았습니다. 그리고 떠나감은 어쩔 수 없는 일이니 나를 떠나주어 고맙습니다. 이제는 조금 이해합니다. 혼자면 혼자여서 좋고 둘이면 둘이어서 좋다는 것 말입니다. 오랜만에 귀리라테를 마시며 이 글을 마무리합니다.

○
미움 받을 자격

사람을 미워하는 일은 생각보다 쉬웠다. 미워해야 할 대상이 필요해서 찾자고 들면 온천지에 깔린 것이 미워할 사람들이었다. 그 시절, 삼촌은 내가 미워하기에 충분한 자격을 가지고 있었다. 사랑받는 사람에게는 그럴만한 자격이 있듯이 미움에도 오래 증오하고 씹어 돌릴 수 있는 자격이란 것이 필요하다. 한때는 어린아이에게도 한껏 미움을 사는 그를 보며 정말 그는 못 되어 먹은 어른이라고 생각했으니까.

대개 사람들은 자주 만나지 않는 사람과는 크게 문제없이 잘 지낸다. 같이 보내는 시간이 많을 때야 자연스레 갈등이 생기는데, 일 년에 한두 번 만남에도 불편하고 화를 돋운다면 그건 정말 둘 중의 한 명에게 큰 문제가 있다는 것 아니었을까. 살면서 몇 번 마주치지 않은 그에게 어이없이 느꼈던 증오감으로 몇 가지 일화를 소개한다.

대학에 다닐 때, 전공과 전혀 무관하게 나는 중국어를 취미로 배웠다. 그 언어를 소리 내어 뱉을 때 마치 뽕짝 트로트를 부르는 것처럼 오르고 내리는 음의 높낮이가 꽤 흥미로워서였다. 단지 그 이유로 중국어를 시작한 것이 나를 어학연수의 길까지 오르게 만들었다. 모든 것은 삼촌을 미워하게끔 만든 이 우주의 기운이었을까. 어학 연수지였던 중국 칭다오에는 우리 삼촌이 살고 있었다. 사실 삼촌이 살고 계셔서 그곳을 선택했던 것도 맞지만 미지의 세계에 아는 사람이 한 명이라도 있다는 것은 그 존재 자체만으로도 큰 위안이 되니까. 그리고 그때까지만 해도 내가 그를 이토록 미워할 줄은 상상도 못 했으니까 말이다.

하루는 함께 식사를 하고 삼촌 차로 기숙사에 돌아가는 중이었다. 중국인 숙모와 중국인 조카가 그나마 어색한 공기를 알아듣지 못하는 말들로 희석해 주었는데, 뜬금없이 삼촌은 명절에나 할 법한 질문을 했다. "학교에서 공부는 잘하니?" 얼마

든지 어른으로서, 일가친척으로서 물어볼 수 있는 질문이다. "네. 그럭저럭 잘하고 있어요." 더한 이야기를 해서 뭐하나 싶어 짧게 대답을 했다. "장학금은 받니? 네 아빠 고생시키지 말아야지." 오호? 이제 슬슬 공격을 하시는구나 싶어서 "네. 저 이번에 일 등 해서 전액 장학금 받았어요." 내심 '이제 조용히 가면 좋겠습니다, 삼촌' 하는 마음으로 답을 했지만 삼촌은 마지막 KO 한 방을 날렸다. "그래? 그럼 니는 공부 말고 잘하는 게 뭐가 있노? 공부 말고 잘하는 게 하나도 없네, 니는."

지금이야 그때를 떠올리면 삼촌, 아니 그 사람의 마음에 무엇이 들어 있길래 그리고 얼마나 인정받지 못했길래 이렇게 사람이 꿀 꽈배기마냥 꼬였을까 연민이라도 가지지만 당시에는 나도 나조차 어떤 사람인지 내면을 들여다볼 힘이 없었던 때라 그저 그 이야기가 나를 공격하는 말로만 들렸다. "에이 삼촌~ 공부라도 잘하는 게 어디예요. 허허"라고 웃어넘기며 당신보다 내가 더 어른스럽다는 걸 보여 줄 여유도 없었으니까. 마음에 꼬깃꼬깃 담아두기 시작한 것이다.

그 뒤로 중국에서 돌아온 나는 한동안 삼촌을 만나지 않았으니 우리 사이에 더 불거질 갈등이란 없을 거라 생각했다. '

어? 이상한 사람이다!'라고 감지한 뒤로는 계속 피하고만 싶어
했는데 다행히 그는 중국에 거주하므로 이제 부딪힐 일이 없을
거라 다행히 여겼다. 그런데 어느 날, 삼촌이 지병으로 한국에
작은 수술을 받으러 들어오셨다는 이야길 전해 들었다. 그래서
꼭 병문안을 가야 한다는 가족들의 말에 이제는 남보다 더 불
편하지만 그 길을 따라가야만 했다.

수술 후 마취가 깨고 병실에 누워계셨는데 힘겹게나마 말
씀을 이어갈 수 있는 정도로 회복을 하신 상태였다. 포승줄에
묶여 끌려온 죄수마냥 입을 꾹 닫고 엄마 뒤에 숨어 병실 구석
에 앉아있는데 대뜸 삼촌의 관심이 나에게 향했다. "현녕이, 요
즘 한 달에 얼마 버노? 학교에 강의 나간다 했나? 일주일에 몇
번 가노?" 그 당시 나는 두 번째 책을 냈고 시간강사로 일주일
에 네 시간 중학교에서 수업을 하고 있었다. "저 일주일에 두
번이요." 그러자 "그래? 한 번 가면 몇 시간 수업 하노? 시간당
강의료 얼마 주는데?" 이걸 대답을 왜 해야 하나. 정말 불쾌하
다고 느끼며 꾸역꾸역 대답을 이어갔다. "한 시간당 35,000원
이에요. 두 시간 일해요." 그러자 눈을 굴려 가며 잠시 계산을
하시더니 "야, 니 그러면 한 달에 28만 원 버냐? 니 그래서 어떻
게 먹고 살래. 엄마 아빠 고생이나 시키고. 시집이나 가라. 삼

촌 아는 사람 중에 엄청 부자가 있는데 올해 그 양반이 쉰 살이
야. 아직 장가를 안 갔어. 아 근데 그 양반이 다리 한쪽을 전다.
그래도 부자잖아? 시집이나 가라 얼른."

"삼촌, 지금 마취가 덜 깨셔서 천지 분간을 못 하시는가 본
데. 정신 줄 똑바로 잡고 사세요. 어디 내 부모도 아니면서 얼
마를 버니, 시집을 가니 마니 하세요. 당신 인생이나 똑바로 사
시고 남의 인생 참견하지 마세요. 나이가 드셨으면 어른답게
철 좀 드시고요."

라고 시원하게 격려의 말씀을 드렸어야 했는데 나는 일그
러진 얼굴로 입술만 삐죽삐죽 거리다가 일곱 살 아이마냥 엄마
옷자락을 당기며 예정보다 일찍 집으로 돌아왔다. 어이없는 삼
촌의 말에 아무 말도 거들어주지 않았던 부모님도 미웠고 어쩌
면 마음이 건강하지 못했던 때라 '정말 내가 잘못된 인생을 살
고 있나?' 하고 삼촌의 말에 휩쓸려 나를 탓하기도 했다. 도둑
놈도 그런 도둑놈이 없다. 자존감 도둑질. 삼촌은 자기 안의 무
엇을 채우기 위해 조카의 미움을 샀을까. 지금 보니 그 무시무
시한 악마가 자기 몸이 작아 오히려 소리를 크게 지르고 몸짓
을 부풀리는 한낱 불쌍한 미물로 존재했던 걸지도 모르겠다.

무엇을 위해 남을 갉아먹고, 무엇을 위해 자기를 부풀려 드러내야만 했을까. 그 이유는 삼촌 마음의 저 깊은 수면 아래 잠겨있을 것이다. 그런 삼촌의 말에 나는 그 당시 겁을 먹고 사로잡혀 자책을 하기도 했지만 지금 그때를 돌아보니 삼촌은 무서운 존재가 아니라 불쌍히 여길 존재였음을 그리고 그 당시 나와 달라진 지금을 돌아보니 나는 또 한 뼘 성장해 있음을 이렇게 깨닫게 된다.

미움받을 자격이 그 당시에 삼촌에게는 있었다. 그런데 그건 미움의 자격이 아니라 보살핌의 자격이 아니었을까. 위로받아야 할 사람, 어쩌다 이렇게 괴물이 되었냐고, 무엇이 너를 이만큼 타인을 짓밟고서라도 성공해야 하는 사람으로 만들어버렸냐고 보듬어져야 할 자격을 가진 사람이 바로 삼촌이었음을 시간이 흐르고 나를 돌아보며 삼촌이 동시에 보이기 시작했다. 다행인지 불행인지 세계적인 전염병이 확산되면서 삼촌은 중국에서 2년이 가까워지는 시간 동안 한 번도 한국에 오지 못했다. 그래서 아직 그를 만난 적은 없지만 상황이 괜찮아지고 언젠가 독대할 날이 오면 나는 그간의 있었던 일들을 여지없이 그에게 꺼내 보이고 싶다.

삼촌의 그런 말들로 어린 마음에 상처를 입고 오랜 시간 삼촌을 미워했다고. 하지만 삼촌을 미워하게 된 것도 어쩌면 내 마음의 밭이 황폐해서 그랬던 것이라고. 이제는 조금씩 거름도 주고 내 마음에 햇볕이 드니 삼촌을 미워하지 않고 그대로 받아들일 수 있게 되었다고. 그리고 만약 나에게 여유가 있다면 이런 이야기도 할 수 있으면 좋겠다. 삼촌의 마음 안에는 어떤 아이가 울고 있길래 그렇게 쫓기듯 적을 두고 살게 된 거냐고. 정답을 정해두고 살지 말자고 우리. 나는 괜찮다고. 그렇게 말을 할 수 있는 날이 오면 좋겠다. 화해까지는 아니더라도 내 안에서 미움은 이제 끝나는 날 말이다. 아직은 아니지만.

○

단단한 사랑의 벽

　　마음에 걸리는 것 없이 살자는 은진의 말이 떠오릅니다. "현녕아, 살면서 뭐 그렇게 사람들한테 잘하려고 애쓰고 안 그래도 괜찮아. 일하는 데 있어서도 뭐 대단히 잘할 필요도 없단다. 아, 성공하면 좋긴 하지. 잘 되면 좋은데 무엇보다 중요한 건 내 마음에 걸리는 게 하나도 없어야 된다는 거야. 스스로 마음에 걸리는 거, 그거는 남도 모르고 아무도 모르거든. 근데 자기 스스로는 아는 거잖아. 자기를 속이면서 살면 그것만큼 불편한 게 어디 있겠어."

　　가만히 천장을 바라보고 누워있는 걸 좋아하는 저는 오래도록 멍을 때립니다. 그러면 당장 최근의 신경 쓰이는 일부터 시작하여 꼬리에 꼬리를 물고 과거로 그 시선을 흘러갑니다.

커다란 바위에 턱- 하고 걸리듯 마음이 딱딱하게 굳어서 한참 그 자리를 맴돕니다. 은진의 말은 내 마음을 한참 부여잡기에 충분했습니다. '나는 스스로 마음에 걸리는 일들이 있는가?', '요즘 내 마음 안에서 떠나지 못하고 소용돌이치는 것들에는 무엇이 있나?' 들여다봅니다.

보통 지나간 것들에 대한 이야기입니다. '그때 내가 그렇게 하지 않았더라면'과 같은 후회 섞인 것들이 대부분인데요. 지나간 시간을 어떻게 하겠습니까. 마음에 걸리는 것을 지금이라도 바로 잡을 수 있다면 사과를 하거나 고마움을 표현하겠지만, 너무 오래 지나버린 일들은 오히려 묻어두는 것이 좋은 것들도 있지 않겠습니까. 그런 마음의 균형을 잡을 줄 아는 힘도 단단한 사랑의 벽이 세워진 사람들의 것이리라 생각해 봅니다.

단단한 사랑의 벽, 그것은 실로 제가 부러워하는 것입니다. 눈치 보지 않고 예의 바르되 자신을 당당히 드러내고 사랑할 줄 아는 사람들에게서 공통적으로 느껴지는 벽이 있습니다. 보통 이 사랑의 벽은 어린 시절에 만들어지는데요. 애착 관계의 부모님 또는 양육자로부터 좋은 어머니, 좋은 아버지에 대한 느낌을 흠뻑 받은 그런 사람들에게 만들어진다고 합니다.

아쉬운 일이지만 그 시기를 놓쳐버린 저는 반대로 아주 물러 터진 사랑의 벽을 가지고 있습니다. 그래서 여기저기 푹푹 찔리고 다니기도 하고 한 때는 모래성처럼 바스스 쓰러져 버리기도 했습니다.

그렇다면 나는 평생 그렇게 살아야 하는가? 그렇게 단정 지어버린다면 남은 인생이 얼마나 지옥이겠습니까. 마치 넌 타고난 머리가 멍청하니 아무리 공부를 해도 80점은 절대, 절대로 맞을 수 없을 거야. 합격은 불가능해. 라는 시한부 통보와 같은 것 아니겠습니까. 혹시 설령 그렇다 한들 '그렇지 않아. 타고난 것은 그럴지라도 지금 여기의 내가 선택해서 노력하는 것은 또 다른 결과를 만들어낼 수 있어.'라는 마음의 작용은 반드시 긍정적인 결과를 가져올 거라 생각합니다.

어릴 때, 완전한 형태의 사랑을 받지 못 한 사람도 그것이 끝이 아니라 지금 어른이 된 내가 나에게 완전한 형태의 사랑을 줄 수 있다고 믿습니다. 그런 내가 되어주고 싶습니다. 어떻게 하는지 사실 그 방법은 잘 모르겠습니다. 여전히 잘 몰라서 의사 선생님에게 묻습니다. "어떻게 하는 건가요? 저 지금 잘하고 있나요?" 불확실한 것을 견디지 못하는 제 버릇에 이제는 선생님도 대답을 해주지 않고 허허 빙그레 웃기만 하시지요. 그리고 제 곁을 떠나지 않고 약속대로 상담을 계속 이어가는 것으로 서로의 신뢰와 믿음 그리고 그 속에서 느껴지는 확실성을 알려주시는 것 같습니다.

다시 돌아가, 마음에 걸리는 것들에 대해 생각합니다. 돌부리에 걸려 넘어지듯 탁탁 걸리는 것이 무엇입니까. 넘어졌는데 넘어진 것도 모른 채 무슨 돌부리인지, 어떻게 생긴 돌인지 확인도 안 하고 또 앞으로만 걸어갈 셈인가요. 빙글빙글 돌아가는데 다시 이 자리에 왔을 때 또 같은 돌부리에 넘어지지 않으려면 그것을 직접 보고, 조금 느리더라도 한편에 치워놓고 갔으면 좋겠습니다. 다시 넘어지지 않으려면 말입니다.

3부

다양한 사람들과 한데 섞여 살아야 하는데 내가 나를 지킬 수 있는 방법은 무엇일까. 말도 안 되는 비상식이 난무한 가운데 나는 어떻게 내 상식을 지킬 수 있을까 고민한다.

사람을 찾습니다 ⊥

사람은 감쪽같이 사라질 수 있을까. 마음이 갑갑할 적마다 그런 상상을 해보았다. 하늘로 솟든, 땅으로 꺼지든 어디에도 흔적 하나 남기지 않고 사라져버리는 일. 영화 속 그래픽이나 만화 속에서 볼 수 있는 장면들. 그런데 어디까지나 상상일 뿐 내가 살아온 현실에서는 그런 재미있고 짜릿한 일이 일어나지 않았다. 영화 '인사이드 아웃'에서 주인공이 성장하면서 어릴 적 상상 속 친구 빙봉이를 잊게 되는 것처럼. 나는 연기처럼 사라지는 일과 작별하며 어른이 되었다.

그런데 친구가 사라졌다. 사흘 전만 해도 문자 메시지를 주고받았는데 오늘 저녁에는 진희의 번호가 없는 전화번호라고 한다. 진희의 SNS에 들어가 보니 이미 계정은 삭제되고 아무 흔적도 찾을 수 없었다. 사진을 찍고 기록하는 걸 좋아하는 친구라 많은 양의 추억이 남겨진 계정임에도 그것을 없앨 정도의 일이라면 이건 큰일이 아닐 수가 없겠다 싶어 문득 겁이 났다. 하지만 동시에 '에이 설마, 그 일 때문에? 이게 이렇게까지 할 일이겠어.'라는 생각이 마음 한편을 스멀스멀 불편하게 만들었다.

진희와 나는 글을 쓰는 일로 알게 되었다. 타 지역에 살고 있어 우리는 자주 만나지 못했지만 일 년에 몇 번 만나지 않아도 그때마다 반갑고 어딘가 마음이 이어져 있음을 느꼈다. 몇 번 만나지 않고도 서로가 굉장히 통하는 사이라고 느낀다는 건 내 마음의 함정에 빠지는 일이었다. 과도하게 만들어진 웃음과 친절 안에는 내포하고 있는 이유가 반드시 있을진대 진희와 나에게는 서로를 통하게 만든 웃음과 친절의 이유가 비슷하여 친구가 될 수 있지 않았을까 싶은 것이다. 지독한 외로움, 혼자 있을 때 혼자인 것이 좋은지 몰라 사람을 늘 찾아 헤매던 그때 나와 딱 닮은 진희는 이제 마음의 짐을 잠시 풀어놓고 쉬어가기 좋은 친구였으니까.

우리는 서로의 지역에 가끔 여행을 가고 만날 때마다 그날 저녁에 헤어지는 일이 없었다. 먼 곳을 달려와 준 친구에게 각자의 집을 내어주고 밤을 함께 보내며 해가 뜨는지도 모르게 수다를 떨곤 했으니까. 그것은 대개 친구들이 만나면 나누는 대화였다. '지금 하는 일에 비전이 있을까, 나는 더 안정적인 직업을 갖고 싶어. 대학원에 진학할까?, 요즘 만나는 남자는 어때?, 잘 모르겠어. 내 친구들도 못 만나게 하는 거 말고는 괜찮아. 나는 연애에 너무 지쳤어. 집에서는 결혼 이야기 안 하셔?, 근데 다이어트는 대체 어떻게 하는 거야. 살 계속 쪄. 나이 들었나 봐. 이십 대에는 굶기만 해도 빠지던 게 이제는 힘들다?'

여느 친구들이 하는 대화였지만 유독 마음에 탁 하고 걸려 진희의 말이 여행에서 돌아온 뒤에도 생각이 났다.

"나는 남자친구를 쉬어본 적이 없다? (꽤 매력적인 여성이란 점에서 부러움을 느꼈고) 남자친구와 헤어지고 다음 남자친구가 생기기 전까지 그 공백이 불안해서 못 견디겠어."

"정말? 왜 그럴까. 그래도 혼자인 시간이 좀 필요한 때가 있지 않아?"

"그러게. 나는 조급해지더라고. 시골에서 부모님이 시집 언제 가냐 이런 이야기를 계속하셔서 그런가?"

"그렇구나. 지금 남자친구는 어때? 잘 해줘? 이 친구랑은 결혼 생각도 있고?"

"잘 모르겠어. 그게 좀 고민이 돼. 너무 좋고 잘해주는데 내가 다른 친구들을 못 만나게 해. 나 원래 친한 진환이, 명준이, 남자애들은 아예 얼굴을 볼 수가 없어."

"그래, 거짓말을 하고 만나기도 그렇겠다."

매일같이 연락은 하지 않았지만 진희는 그렇게 서서히 고립되는가 싶었다. 살면서 다른 사람들과 관계를 맺으며 터득하는 몇 가지 중에 하나 분명한 것 있지 않은가. 남의 연애사에 끼어들지 말 것. 같이 험담을 신나게 해주었는데 어느 날, 다시 잘 사귀고 있다며 그때 같이 욕한 나를 초라하게 만드는 그 경험. 이미 시작된 사랑에는 아무 이야기도 없지 않는 것이 삶 속에서 터득한 지혜라면 지혜라 입을 꾹 다물고 있었다. 좋아하고 아끼는 친구지만 결국 자기 인생은 자기가 만들어가는 것이니까. 내 친구 진희는 자기 인생을 어떻게 만들어 가고 있었을까.

어느 날 저녁, 진희는 울음에 목이 멘 목소리로 전화를 걸어왔다. 나는 예상이나 했던 것처럼 전화를 받았다.

"현녕아, 남자친구가 헤어지재. 저번 달부터 일이 바쁜 것 같더라고. 낮에는 일하느라 바빠서 연락을 못 하고 퇴근해서 늘 행사 때문에 좀인 피곤해서 쉬어야 한다고 연락도 없었어. 만나는 날도 일주일에 한 번 보던 게 이제는 이 주, 삼 주에 한 번이네. 그래도 이해했는데 이제는 헤어지자고 그러네. 나 너무 마음이 아파."

"진희야, 많이 힘들었겠다. 연락 기다리는 거 얼마나 마음 졸이는 일인지. 만나면서 마음 많이 아팠지? 오히려 잘 됐어. 그런 남자 말고 네가 좋아 죽겠다는 남자 만나자. 너한테 목매는 남자 만나자. 네가 얼마나 소중한 사람인지 알고 귀하게 대해주는 남자 만나자. 그리고 당분간은 연애도 좀 쉬고 너를 챙겼으면 좋겠어. 혼자일 수 있어야 함께할 수도 있대. 그리고 이번 주말에 우리 집으로 여행 와! 나랑 맛있는 거 먹고 바다도 보고 기분 전환하자. 그럴 때 생각 많아지는데 혼자 있으면 더 괴롭잖아. 어서 와 우리 집으로!"

진희는 주말 내내 우리 집에서 먹고 마시며 속의 것들을 풀어냈다. 그리고 다시 돌아간 그녀의 자리에서 톱니바퀴 돌듯 똑같이 자신이 기댈 남자를 찾는 듯했다. 진희는 곧바로 회사 동료에게 남자를 소개 받았으니까. 사람은 저마다 마음에 구멍이 하나씩 나 있다고 했다. 평생 채워지지 않는 구멍을 채우기 위해 노력하는 사람과 '구멍이 나 있구나'라고 바라보는 사람이 있는데 대부분의 사람들은 자신이 홀려있는 그 무엇으로 구멍을 채우기 위해 꽁지 빠지게 시간을 보내며 산다. 내 눈에 진희는 마음에 난 구멍을 애정으로 채우려는 듯했는데, 다른 취미나 운동으로 채우는 것과 다르게 사람으로 채우는 것은 상대에 따라 그만큼 변수가 많아서 모 아니면 도, 쪽박을 찰 우려도 높았던 것이다.

서두르면 실수가 많고 조급하면 보지 못하고 놓쳐버리는 게 많아진다. 누구라도 옆에 있어 주길 바라는 마음은 그 '누가' 어떤 사람인지는 그다지 중요하지 않게 만든다. 그리고 내가 만나고 싶다고 이 세상 모든 사람이 나를 사랑해주는 것이 아니지 않은가. 시도한 만큼 실패의 경험도 많아지니 리스크 없이 누군가 만날 요량을 버려야 할 것이다. 진희는 그런 위험을 안고도 자꾸 마음을 내던졌던 것이다. 남자친구와 헤어진 아픔을 다른 사람으로 채우려 했지만 소개팅에 나온 그 남자는 썩 진희를 마음에 들어 하지 않았다. 그럴 수 있는 일이지 않나. 그런데 진희는 또 한 번 실연을 당한 사람처럼 슬퍼했다. 그때 진희를 말리는 것도 훈수쟁이의 과한 오지랖이었을까.

　진희는 거기서 멈추지 않았다. 요즘 유행하는 예능 프로그램에서 서장훈 씨가 한 이야기가 있나. "신인 분별하 사람 좀 만나지 마세요. 만남 앱으로 만나는 사람들 많다지만, 어떤 사람인 줄 알고 그렇게 만납니까." 진희는 오랫동안 SNS로 대화를 나눈 사람이 있다고 했다. 그녀가 '오래'라는 부사를 강조한 이유는 아마도 신원 불분명에 대한 소심한 저항이었을까.

　진희는 그 사람을 두 번 만났을 때 나에게 말했다. "현녕아, 이 사람이 사귀자고 하는데 나, 이 사람 좋아." 그래, 네가 좋으면 어쩌겠는가. 팔 한쪽이 잘려도 하고 싶은 건 해야 하는 게 본래의 인간인데 내가 거기서 훈수질을 하면 안됐었던 것일까. 오지랖을 부리지 않았다면 진희는 사라질 일이 없었을까.

　"진희야, 그 사람 만난 거 두 번밖에 안 되잖아. 조금만 더 오래 지켜보는 건 어때? 그 사람 근데 어떤 사람이야? 어떤 일을 하는 사람인데?"

　진희는 그에 대해 이것저것 알고 있는 정보를 이야기해

주었다. 나이는 서른 중반쯤인데 이직을 준비하고 있다고. 그리고 그와 술을 마신 어느 저녁 시간을 예쁘게 포장하여 이야기하기 시작했다. 굉장히 조심스럽게 허락을 구하는 사람처럼. 아마 진희는 마음에 커다란 확신을 가지고 이야기를 꺼내는 듯 보였다.

"나 이 사람 너무 좋아, 현녕아. 모든 게 잘 맞아. 성격도 가치관도 너무 잘 맞아. 근데 나 조금 고민이 되는 부분이 있는데 저번에 같이 술을 마시는 자리에서 그 사람이 조심스럽게 나한테 고백을 하더라. 어렸을 때 만났던 여자친구한테서 성병을 옮았대. 2형 헤르페스랬나? 근데 그게 바이러스라 몸에서 없어지지 않는다고 하더라고. 그런 자기를 만날 수 있겠냐고 하더라. 찾아보니까 만약에 결혼을 하게 되면 아기한테 옮을 수 있어서 제왕절개를 해야 한다던데. 어려워 정말. 근데 그 사람도 피해자잖아. 마음이 아팠어. 그리고 어차피 콘돔은 필수로 써야 하는 건데, 그럼 괜찮지 않을까? 그게 뭐 대수라고. 괜찮지 않을까, 현녕아?"

응, 괜찮지 않아 진희야. 나는 진희를 아꼈던 마음으로 그 만남을 크게 쌍수를 들고 환영할 수가 없었다. 물론 그 남자의 안타까운 질환이 자신의 잘못도 아니고 그도 억울한 처지에 평생 신경 써야 할 병을 얻어 얼마나 마음이 아플까. 하지만 나는 그 나가보다 내 친구 진희와 더 가까웠기에 그녀를 말릴 수밖에 없었다. 어쩌면 말도 안 되는 오지랖이 맞을 수 있나. 이끼고 사랑하는 친구여도 남이다. 가족도 마음대로 되는 것이 아니고 성인이 된 어른의 결정에 대해서는 누구도 입을 댈 수 없는 것인데, 친구라는 얄팍한 이유로 나는 내 기준을 들이대며 그 만남을 반대했다. 물론 친구를 아낀다는 나의 이기심에서 말이다. 그러나 이미 정해진 답을 내놓으라는 듯 물어온 진희는 그녀의 뜻대로 그와 연애를 시작했다. 그리고 두 달이 흘러 그녀는 연기처럼 이 세상에 존재하지 않는 사람처럼 사라져버렸다.

그녀는 어디로 갔을까?

(다음 화에 이어서)

○

사람을 찾습니다 ⊕

결국은 마음먹은 대로 하고야 마는 성질. 나 역시 그런 인간
이라 진희를 나무라는 것은 우스운 일이었다. 우리는 답을 정
해놓고 확신을 얻으려 귀를 열고 그것이 아니면 굳게 닫는다.
자기 하고 싶은 대로 결국은 하고 말지 않나. 사고 싶은 생각이
들면 당장 또는 잘 참고 참아서 결국 언젠가는 가지는 그 마음
처럼 말이다. 인간은 원래 그렇다는 걸 알고도 나는 진희를 말
렸으니 그건 내 잘못이 아닐 수 없겠다.

진희가 그 남자와 사귄 지 두 달이 지났을 때, 진희에게 내
잘못을 사과하고 싶었다. 각자 자기 나름의 이유를 가지고 가
장 나은 선택을 하면서 사는데 자기 인생을 자기 자신만큼 걱

정하고 고민하는 사람은 없다는 걸 알면서 내가 괜한 오지랖을 부린 것 같았다. 그게 진희가 그 남자를 두 달간 만나며 별 일 없이 잘 지내는 모습에 대한 반성의 결론이었다. 그래서 사과를 해야겠노라. 이건 진심 어린 사과를 해서 봉서를 빌고 또 다른 타인에 대한 간섭을 자제해야겠다는 나만의 결심이었다.

주말 저녁, 진희에게 전화를 걸었다. 신호음은 길어지고 결국 통화연결음은 음성사서함으로 이어졌다. 그리고 곧바로 진희에게서 문자 메시지가 도착했다.

[현녕아, 내가 지금 남자친구랑 같이 있어서 전화 받기가 그러네! 카톡으로 말할 수 있어?]
[아 그렇구나! 진희야. 오랜만에 목소리도 듣고 안부도 묻고, 또 따로 할 이야기가 있어서 전화했어. 통화로 이야기하고 싶은데, 나중에 그럼 전화 줄래?]
[응! 알겠어 ㅎㅎ 이따 전화할게!]
[응, 남자친구랑 좋은 시간 보내~~~!]

역시 그와 잘 만나고 있구나. 안심이 되는 동시에 역시 내가 너무 훈수를 뒀구나 하는 마음에 더 미안함이 커졌다. 그러면서도 마음 한편에는 그래도 정말 괜찮은 걸까 그녀를 걱정하는 오지랖의 기운이 스멀스멀 올라왔다. '누르자, 누르자. 내 인생이 아니야. 각자의 삶이 있는 거야. 그저 옆에서 응원하고 돌아올 곳이 없을 때 내 어깨를 내어주면 되는 거야. 우선 사과부터 하자.' 그리고 그녀의 전화를 기다렸다.

사나흘이 흘러도 진희에게서 전화가 없었다. '많이 바쁜가? 까먹었을 수도 있겠다! 그럼 내가 다시 전화해 봐야지. 룰루~' 오랜만에 수다도 하고 사과까지 하면 꽤 따뜻하고 재미있는 전화 통화가 될 거라 기대하며 통화 목록 속 진희의 이름을 찾아 한 번 꾹 눌렀다. 곧이어 신호음이 울려야 하는데 갑자기 웬 익숙한 여자 음성이 들려왔다.

[지금 거신 번호는 없는 번호입니다. 확인 후 다시 걸어주십시오.]

엥? 없는 번호라니. 없어졌다고? 번호가 없어졌다는 건 잠시만 이게 뭐지? 번호를 없앴다고? 잠시간 사고회로가 고장 나서 다음 생각이 나지 않았다. 없는 번호라는 건 번호를 바꿨다는 건데, 보통 번호를 바꾸면 연락이 오지 않나. 바뀐 번호로 바로 연락이 가는 서비스도 있긴 한데. 근데 이게 대체 무슨 일이지? 바뀐 번호를 나한테 알려주지 않은 건가? 사흘 전의 문자만 버면 저렇게 친구하게 이야기 나눴었는데 뭘까. 아니 진희는 정말 나한테 많이 서운했던 걸까. SNS에 들어가 보면 단서를 좀 찾을 수 있겠다 싶어 인스타그램을 살폈다.

그렇게 사진 찍기 좋아하고 스토리며 게시물이며 하루에 하나씩 올리던 진희의 계정이 아예 없는 계정이라 한다. 계정 자체가 사라져버렸다. 원래 존재하지 않았던 사람처럼 흔적 없이 사라져버렸다. 연기나 거품이 되어 사라져버린 진희. 나에게 서운해서였다고 생각하기엔 상식적으로 '나'만 차단하면 될 것인데, 아니 이제 그런 건 다 필요가 없어졌다. 진희 신변에 문제가 생긴 건 아닐까 그게 가장 큰 걱정이었다. 이 걱정으로 어디까지 생각이 미쳤냐 하면 '혹시 며칠 전 내 전화에 다정하게 다시 전화하겠다고 답했던 게 진희가 아니면 어쩌지?'라는 끔찍한 상상을 하면서 소름이 끼치기도 했다. 워낙 세상이 흉흉하니까.

그런데 내가 할 수 있는 게 없었다. 근처에 사는 친구라면 대문이라도 한 번 두드려보고 왔을 텐데 우리 둘 사이에 겹치는 친구 한 명도 없다는 걸 이제야 실감했다. 친구의 생사를 확인하자고 4시간 반 거리를 달려가 문을 두드리기에는 또 내가 오버하는 건 아닐까 싶었다. 그러는 중에도 진희의 신변 안전에 대한 걱정은 몇 날 며칠 동안 계속되었다. 진희에 대한 생각, 우리 관계의 흐름에 대한 고민으로 진희와의 메시지 함을 역순으로 올라가 보다가 문득 '아! 맞아! 그 남자 SNS 계정을 알려준 적이 있었지!' 번뜩 생각이 난 것이다.

이제 사건 해결의 실마리를 찾았다 싶은 마음이었다. 진희를 구할 수 있다. 진희의 생사를 확인할 수 있다. 물론 아무 일도 없어야 하겠지만 잘 지내고 있는 것만이라도 알면 좋겠다. 하는 마음이었다. 그래서 최대한 예의 바르게 그 남자에게 메시지를 적어 보냈다.

[안녕하세요. 저는 진희 친구 손현녕입니다. 다름이 아니라 진희가 연락이 되지 않아 이렇게 무례함 무릅쓰고 여쭤봅니다. 혹시 진희와 연락이 되시는지요? 아 참, 예전에 진희가 호감이 가는 사람이 있다고 하며 제게 알려준 적이 있어 이렇게 메시지를 드려보아요. 놀라셨다면 죄송합니다.]

그래도 이제 조금은 행방불명의 진희를 찾을 수 있다는 희망에 안도했다. 그리고 기다렸다. 그 사람이 메시지를 읽고 바로 답을 줄 거라 기대하면서 저녁을 먹고 씻고 잠자리를 준비했는데 그런데도 아직 답이 없었다. 아, 이 남자 대체 뭐지? 5~6시간이 지났으니 분명 확인은 했을 듯한데 왜 답을 주지 않지? 이거 정말 진희를 어떻게 해 버린 거 아니야? 데이트 폭력으로 사람을 가둬놓고 나가지도 못하게 하는 일들이 있던데, 진희에게 대체 무슨 일이 있는 걸까.

다른 방법이 없을까. 그 남자에게 메시지를 한 통 더 넣어봐야 할까 천장을 멍하니 쳐다보는데 '까톡!' 하고 메시지 알람이 울렸다.

진희였다.

(다음 화에 이어서)

○
사람을 찾습니다 ☜

전에 심리 상담을 받았던 병원에서 선생님께 여쭤본 적이
있다.

"선생님, 저는 지금 전혀 슬프지가 않은데 왜 자꾸 눈물이
나죠?"
"눈물이 나는 경우, 여러 가지 이유가 있지만 보통은 예상
하지 못한 일이 생기거나 감정이 북받칠 때 눈물이 나지요."

그렇다면 어른이 되는 일이란 혜안을 길러 예상 가능한 범
위를 더 넓혀가는 일일지도 모르겠다. 그런데 그때와 별다르게
성장하지 못한 나는 여전히 작은 일에도 툭하고 눈물을 쏟는

다. 그날도 그랬다. 진희의 연락은 나를 눈물 나게 했다.

[혜년아, 너와 멀기만 가주 연락하고 많은 이야기드 나나 먼서 가까워져서 좋았어. 그만큼 취향이 잘 맞아서 즐거운 시간도 많았는데 반면에 내가 견디기 힘든 부분도 많았나 봐. 연인도 성격이 잘 안 맞아서 헤어지는 것처럼 친구 사이도 안 맞으면 이렇게 멀어질 수 있다고 생각해. 사실 이번에 내가 남자친구 사귀는데 네가 질투를 많이 하는 것 같아서 불편하더라. 잘 안 맞는 것 같아 우리. 네가 이런 이야기 들으면 또 오래 마음 아파하고 상처받을 거 알아서 이야기 안 하려고 했는데, 지금 나 걱정돼서 찾는다는 이야기 듣고 이렇게 보내. 너한테 들을 말도 없고 그냥 우리 이렇게 각자 잘 지내자.]

이 메시지를 읽자마자 처음 내가 흘렸던 눈물은 안도와 다행으로 가득 찬 것이었다. 지난 일주일이 넘도록 진희의 신변을 걱정하며 나도 모르게 긴장되어 있던 마음이 직접적으로 진희와 연락이 닿은 것만으로도 녹아내렸다. '진희가 살아 있어서 정말 다행이다.' 이것밖에 느낄 수 있는 것이 없었다. 감내해야 할 그다음 덩치 큰 감정들이 차례로 기다리고 있는 것을 외면하고 싶었을지도 모르겠다.

우선 살아 있어서는 다행인데, 아니 이게 무슨 별안간 자다가 벌떡 일어나 막춤 춰대는 소리인가. 이성적인 생각이 어려워졌다. 그 와중에도 양극단에 서고 싶지 않아 노력했는데 '이건 무슨 개소리야?'라며 진희의 말을 완전히 무시할 일도 아니고 '아, 내가 인생을 잘못 살았을까? 난 정말 최악이야.'라며 온전히 나를 탓할 일도 아니었기 때문이다. 가장 위험한 극단적인 생각을 피하려고 애썼다. 최대한 이성적으로 진희의 말을 수용해보려 했다.

장문의 메시지 안에서 가장 마음에 걸렸던 단어는 '질투'였다. 신원이 불분명한 남자를 SNS로 한두 번 만나고 사귄다고 하니 조금 더 오래 두고 보라고 한 것이 질투로 느껴질 수 있구나. 본인에게 전염될 수 있는 바이러스를 가지고 있는 사람을 사귄다고 하는데 내 친구가 아까워 뜯어말린 것이 질투로 느껴질 수 있구나. 남자친구 만나서 행복해지려고 친구한테 응원 좀 들으려 한 말에 지는 남자친구도 없는 애가 그렇게 개 풀 뜯어 먹으며 말리는 소리를 하니 그래, 화가 날 만도 하다. 그럴 수 있다. 그렇게 느낄 수 있다.

나는 진희의 마음을 수용하지 않아도 된다. 진희의 불편한 마음은 진희의 것이니까, 진희는 그 불편한 마음으로 이런 결정을 내린 것이다. 그럼 나는 그래 지금 너의 마음은 그렇구나. 하고 배주면 되는 것이다. 내가 신희를 아껴서 건넨 마음과 말이 곡해되어 아주 나쁜 년으로 변질되었어도 그건 그녀의 것이지 내 것이 아니다. 세상에는 내가 어쩔 수 없는 일들이 어쩔 수 있는 것보다 수만 배는 많다.

그러지 않으려고 했지만 앞서 말한 그 위험한 극단적인 생각들을 하고 말았다. 나는 양극단에서 생각이 왔다 갔다 움직였다. 흔들리는 저울의 눈금을 읽으려면 가만히 기다릴 수밖에 없다. 그래서 극단으로 움직이는 마음을 혼자서 가만히 들여다봤다. 처음에는 '내 탓'부터 시작했다. 사람은 관계를 잇고 끊어지고를 반복하며 산다. 끈이 다 된 연은 자연스레 사라지고 또 새로운 연이 만들어지는 것이다. 그런데 진희에게 메시지를 받고 나서 괜스레 지나간 인연들이 생각났다. 다들 이런 마음으로 나를 떠났을까? 나는 정말 세상을 잘못 살아왔을까? 하고 말이다. (곧 이성을 찾아 생각한다. 내가 정말 이상한 사람이라면 진희에게서 받은 메시지를 다른 사람들에게서도 수없이 받았었겠지. 그런 건 아닐 거야.) 그다음은 극단적인 '남 탓'이다. '아니, 진희 얘 정말 이상한 애네. 그게 왜 질투로 느껴져? <지

인지조> 라고. 그래! 지 인생 지가 조진다는데 내가 뭐 어떻게 해줘. 됐다 그래. 아니 그리고 나랑 손절하고 싶으면 나만 차단하면 되지. 나 하나 때문에 번호를 없애고 SNS 계정도 모조리 없애? 진짜 이상하네! 그래, 네 인생이지. 너 마음대로 해라. 지 생각해서 해주는 친구 걱정도 몰라주고 정말 너무해.' 진희를 향한 서운함이 눈덩이 굴러가듯 커져 깨져버린 우리 관계에 대한 탓으로 굴러들었다.

친구에게서 이별을 선고받은 적은 처음이라 생경하고 놀라웠다. 신기하게도 전에 사귀던 애인과 헤어졌을 때와 비슷한 감정선이 이어졌다. 흔히 이별의 5단계라고 하지 않나. <부정 - 분노 - 타협 - 우울 - 수용> 지금은 상실감을 느끼면서 우울감에 젖어 있다. 누구에게 잘못이 있건 간에 내 삶의 조각을 떼어 나누었던 누군가가 사라졌다는 마음에 후유증이 없을 수 없다. 내가 진희에게 마음을 쏟은 만큼 한동안 불편할 거라는 걸 안다.

마음은 불편하지만 한 편으로 그렇다. 아무리 타인을 위하는 말이어도 남의 일에 간섭하지 말아야겠다는 교훈을 얻었다. 하나 마나 한 말은 하지 말아야 하는데, 해야 되는 말이 있더라도 그건 조심해야 한다. 그런데 이상하게 진희가 밉지 않다. 원망스럽지도 않다. 각자의 사정과 입장이 있을 뿐이겠지. 그렇게 생각하니 크게 억울하지도 않다. 누구나 그럴 때가 한 번쯤 있을 수 있지 않나. 모든 관계를 정리하고 내가 원하는 사람들에게만 연락처를 알려 주고 싶은 때, 나를 아무도 모르는 곳에서 모든 걸 새로 시작하고 싶은 그 마음. 사람이 가는 건 어쩔 수 없다. 곁에 있을 때는 함께여서 즐거웠고 있어 주어 고맙다고 인사하면 된다. 떠날 때는 떠나주어 고맙다고 인사하면 그뿐이다.

진희를 포함하여 나를 스쳐 간 수많은 얼굴들이 생각난다. 그와 동시에 지금 내 곁에 있는 수많은 얼굴들이 생각난다. 그 가운데 진희처럼 떠나갈 얼굴도, 또 새로 다가올 형체 모를 얼굴들까지도 어렴풋이 그려진다. 집착은 모든 고통의 근원이다. 내 것이라 생각하니 괴로운 것이었다. 원래 내 것이 아니라는 걸 알면 지나가면 지나가는 대로 좋고, 다가오면 다가오는 대로 좋다. 그래서 진희가 더 이상 밉지 않고 원망스럽지도 않다. 그저 몸 건강히 마음 건강히 잘 지내주었으면 좋겠다. 그게 진희를 아꼈던 내가 마지막까지 해줄 수 있는 일이라 생각하며. 잘 지내 진희야.

O

부메랑

"현녕아, 미안한데, 교실에 가서 악보 좀 들고 와줄래?"

"어? 나도 현녕이랑 같이 갈래."

"그래, 수지랑 둘이 갔다 와. 딴 데 새지 말고!"

우리 중학교는 매년 5월이면 합창대회를 열었다. 적당한 온도의 기분 좋은 봄바람이 머리칼을 쓸어 넘기고 벚꽃 잎을 이불 삼아 운동장의 흙은 따뜻하게 녹아간다. 운동장 스탠드 계단에 소프라노, 메조소프라노, 알토들이 열을 맞춰 비스듬히 서서는 합창 연습이 한창이다. 서로 다른 소리가 한데 어우러지며 음에 다른 음이 쌓이고 홀로는 결코 만들어낼 수 없는 싱그러움이 만들어진다.

합창 연습은 막바지에 이르고 다음 주면 합창대회가 열린다. 언제나 그랬듯 처음에는 하기 싫어했던 아이들도 이제는 자기 분야에서 실수를 할까 전전긍긍하며 화음을 맞춰보고 열심인데, 우리를 마주 보고 지휘를 하던 반장이 악보로 확인해야 할 음정이 있다고 교실로 심부름을 보낸 것이다. 화장실 칸 하나에 둘이서 들어가는 게 이상할 것 하나 없었던 여중생 시절은 어딜 가나 꼭 친구와 함께여야 했던지 운동장에서 교실까지 그 짧은 거리도 수지와 팔짱을 끼고 같이 걸어갔다. 교실 앞에 다다랐을 때 이상한 낌새를 차린 건 나만이 아니었다.

"현녕아, 우리 뒷문 안 잠그지 않나?"
"응, 왜 뒷문 안 열리나?"
"응. 어? 안에 누가 있는 것 같은데?"

뒷문에 난 작은 창문으로 안을 들여다보니 우리 반 아이들이 몇몇 서 있었다. '어? 쟤네 합창 연습하러 안 왔었나 보네. 근데 지금 쟤네 뭐 하는 거지?' 그 순간 무언가 창문 너머에서 의자가 높이 들렸다 떨어지면서 '악!' 소리가 났다. 아이들 다리 틈 사이로 바닥에 쓰러져 배를 붙잡고 있던 건 소연이었다.

"수지야. 쟤 소연이 맞지. 어떡해. 쟤네 지금 뭐 하는 거야."
"야, 쟤네 지금 소연이 때리는 거지? 헐 어떡해. 어떡하지?"
"선생님 모시러 가야 하나. 어떡해."

우리 반에는 학년을 통틀어 가장 문제가 많았던 일진 무리
가 몰려있었다. 지금 그때를 회상하면 또 다른 느낌이다. 시대
가 변해서일까. 요즘 뉴스에 나오는 약한 친구들을 괴롭히고
지속적으로 폭력과 따돌림을 가하는 친구들은 아니었다. 그들
은 그들끼리 그 무리 안에서 문제를 일으키거나 담배를 태우
고 바깥에서 오토바이를 타고 물건을 훔치는 행동으로 어른들
의 애를 먹였지, 같은 학교의 약한 친구들을 때리거나 괴롭히
는 일은 실로 잘 없었다.

그래서인지 같은 반 안에서 소연이가 저렇게 맞고 있는 것
을 본 광경은 수지와 나를 겁먹고 얼어붙게 만들었을지도 모
른다. 뒷문이 열리는지 움직여보고 수지와 이야기를 나눈 것
이 그 일진 무리의 친구들 귀에 들렸는지, 서너 명이 일제히 뒷
문을 쳐다봤다. 그중 의자를 내리쳤던 지희와 눈이 마주쳤고
그 순간 내가 느낀 압박감은 태어나서 몇 안 되는 무거운 것
이었다.

그래서 이대로 선생님께 알리면 저 바닥에 쓰러져 있을 사람은 곧 내가 될 것만 같았다. 그런데 또 소연이를 보자니 어떻게든 위험한 상황은 어른에게 알려야 한다고 생각이 들었다. 수지와 나는 그렇게 몇 초간 말없이 얼음이 되어있었을까. 철커덕- 뒷문을 막기 위해 공가 놓은 나무막대가 빠지면서 더러럭 문이 열렸다. 지희를 포함한 아이들은 우리를 쳐다보며 "너희 여기 왜?"라고 했고 "어... 악보 가지러."라고 대답하는 찰나에 소연이는 가방을 챙겨 도망치듯 교실을 나가버렸다. 스쳐 지나가는 소연이의 눈과 볼은 알아볼 수 없게 부어올라 있었으며 빨갛게 든 희미한 멍 위로 눈물과 콧물이 범벅이었다.

사실 소연이는 지속적으로 그 아이들에게 괴롭힘을 당하거나 친구가 없는 외톨이가 아니었다. 오히려 우리 눈에는 일진 무리의 친구들과 친해지고 싶어 하는 친구처럼 비춰졌다. 그래서 내 눈에는 그 상황이 더 충격으로 다가왔을 것이다. 자신들과 친해지고 싶어 하는 친구를 어떤 이유에서건 여럿이 모여 의자를 배에 던질 정도로 폭행을 한다는 것이 말이다. 열다섯의 나는 지금보다 훨씬 많은 것이 부족했다. 여전히 겁쟁이지만 그때는 더 겁이 많았고 두려움도 많았다. 수지와 나는 아무 말도 못 한 채 절뚝이며 걸어가는 소연이의 뒷모습과 서로 어깨동무를 하고 희희낙락거리며 멀어지는 일진 무리를 번갈아 바라볼 수밖에 없었다.

　한 반에 마흔 명 가까이 아이들이 있던 시절이었다. 나와 친했던 몇몇의 친구를 제외하고는 누가 있었는지 도무지 기억나지 않는다. 그런데 함께 보낸 시간이 없음에도 그 명징하고 날카로웠던 장면 속의 아이들 얼굴과 이름만은 선명하게 남아있다. '그래, 그때 그랬었지. 근데 정말 어떤 인간에게 마음이 있어야 다른 사람을 아프게 할 수 있는 것일까. 아무리 어렸을 적 치기 어린 행동이라 해도 누군가를 괴롭히고 때리는 일은 지금에 와서도 용납할 수 없는 일이네.'

　이십 년이 다 되어가는 세월이지만 지금 내 앞의 그녀가 지희임을 알아차릴 수 있었던 시간은 0.1초도 걸리지 않았다. 보자마자 바로 기억이 반응할 수밖에 없었으니까. 그날은 친한 대학 동기 민정의 웨딩드레스를 고르는 날이었다. "신부님~" 하고 들어오는 목소리에서부터 이미 감각은 깨어났을 것이다. "신부님, 이 드레스는 비즈가 많아서..." 뒷이야기는 귀에 들리지도 않았다. 멀찍이 소파에 앉아서 멀찍이 지희를 쳐다보고만 있었다. 땅에 고꾸라진 친구를 내려치기 위해 의자를 들고 있던 지희의 손에는 이제 순백색의 아름다운 드레스가 들려있는 꼴이 새삼 무섭게 다가왔다.

지희가 지난 이십 년을 얼마나 반성하고 어떻게 또 잘 살아왔을지는 사실 모를 일이다. 어린 시절에 괴롭혔던 아이에게 진심 어린 사과를 했는지, 그 당시만은 뉘우치고 소연이에게도 사과를 하고 잘 지냈었는지도 그 이후 기억으로는 사실 나는 알 수 없었다. 그럼에도 누군가를 집단으로 해칠 수 있는 마음을 가진 사람이 세상에서 가장 축복받는 새 출발의 조력자로 그 자리에 서 있는 모습이 꽤 이질적으로 다가왔다. 마음 같아서는 민정에게 웨딩플래너를 바꿨으면 한다고 말을 전하고 싶었지만, 그간 지희와 민정 사이에 쌓아온 관계와 행복한 결혼을 앞두고 굳이 알지 않아도 될 일로 신경 쓰게 하고 싶지 않았다. 그래서 행복해하는 민정과 중학교 때와는 다른 얼굴을 하고 있는 지희를 바라보며 혼자 가만히 곱씹고 곱씹었다.

당사자가 아닌 나에게도 쉽사리 지워지지 않는 기억인데 피해자에게는 평생 지고 가야 할 멍에가 될 수 있는 일이다. '누군가를 때리고 집단으로 괴롭히는 일만큼은 절대 해서는 안 된다.' 이 당연한 것을 목청 높여 이야기해야 한다는 것에 씁쓸함을 느끼면서 지난 과오와 현재 사이에서 성장의 키를 쥐고 있는 건 나라는 것을 다시 한번 마음에 새긴다. 부디 지희에게도 살아오는 동안에 성장의 키를 쥘 수 있었던 과거를 통해 사람들의 축복을 가장 앞서서 해주는 사람이 된 것이기를. 지희의 축복이 진정으로 진실 된 것이기를 바라며. 바르게, 정도를 지키며 살아야겠다고 나부터 잘해야겠다고 또 다짐을 한다.

O

레-귤러한 삶

당신은 얼마나 레귤러한 삶을 살고 있나요? 레귤러하다, 정규적인 삶 살고 계신가요. 평일 아침의 당신은 알람 소리에 무거운 몸을 이끌고 눈도 덜 뜬 채 샤워를 합니다. 정신이 조금 깨면 조금은 부은 얼굴 위로 드라이기의 뜨거운 바람도 지나가고 한 겹 두 겹 스킨, 로션도 귀찮지만 빼먹지 않고 발리겠지요. 당신은 여덟 시 반까지 회사에 출근해 오전 업무를 시작합니다. 바쁘게 전화도 받고 처리해서 넘겨줘야 할 자료도 쌓여있네요. 오늘 점심은 뭘 먹지, 고민하다가 몇 입 채 먹지도 않았는데 점심시간의 반이 지나갔습니다. 양치를 하고 시답잖은 수다 몇 마디하고 나면 오후가 시작됩니다. 대체 언제 퇴근인지, 다섯 시 반부터 시계 침은 도무지 움직이지 않는 것 같군요. 여섯 시, 퇴근 후 지친 몸으로 집에 돌아옵니다. 그렇게 매일을 살면 월급날은 보장됩니다. 그것으로 또 한 달을 버티는 것이고요. 이러한 레-귤러한 삶을 살고 계실 여러분의 하루를 제멋대로 상상해 봤습니다. 정작 저는 한 번도 아홉 시 출근 여섯 시 퇴근하며 매달 고정적인 월급을 받아본 적이 없습니다.

얼마나 바랐었는지 모릅니다. 매일 같은 시간 학교에 출근해 온종일 아이들과 눈을 마주치고 말을 섞고 재밌는 수업을 하고 여섯 시면 퇴근하고 집으로 돌아오는 그 레귤러한 삶 말이에요. 못 가진 것에 맺힌 한은 사람을 비뚤어지게 만드나 봅니다. 이제는 제법 비정규적인 제 삶을 받아들이고 있지만 그 당시에는 다 같이 한 곳을 향해 달려가는 레일 위에서 탈선해 탈락한 삶 같이 느껴져 스스로가 얼마나 미웠는지 모릅니다. 그 도화선에 불을 지펴준 일화가 있습니다. 아니, 어쩌면 내가 가는 길에 대한 믿음을 가지고 더 걸어가도 괜찮다는 의미를 주기에 충분했던 일이었을까요. 모든 일에는 이유가 있고 결국 나에게 유리하게 흘러간다는 그 믿음을 저는 굳게 믿었으니까요.

여느 때와 같이 비-레귤러한 일상을 보내던 때였어요. 9 to 6은 아니지만 다음 책 원고를 쓰고 시간에 맞춰 학교에 출근해 강의를 하고 돌아오지요. 밤이 되면 과외를 하고요. 그리고 저는 그때도 지금처럼 다이어트에 몰두해 있었어요. 저와 달리 레-귤러한 삶을 사는 회사원 다정이는 아주 유명한 한의원에서 나오는 다이어트 보조제가 있는데, 그게 그렇게 효과가 좋다고 함께 구매할 의향이 없냐고 물어 왔습니다. 그 한의원에서는 삼 개월 분량만 판매하는데 혼자서 구매하기엔 그 가격이 너무 비싸서 나눠서 사면 좋을 거라 생각했지요.

"그래, 좋아. 그럼 나눠서 사면되겠다. 택배로 받을 수 있는 거야?"

"아니, 이거 진료를 받아야만 살 수 있대."

"어? 그래? 그럼 어떡하지?"

"현녕아, 너 지금 놀고 있으니까 시간 많잖아. 네가 갔다 오면 안 돼?"

"아니, 야! 뭐라고? 나 안 노는데..."

"응, 그러니까 너 시간이 많으니까. 나는 회사 때문에 병원 갈 시간이 없잖아. 네가 대신 좀 다녀와 주면 안 될까?"

"저기, 다정아. 내가 시간을 자유롭게 쓸 수 있는 건 맞지만, 내가 놀고 있진 않아. 나도 글 쓰는 일이 있고 학교도 과외도 다 내가 하는 일이야. 너 말을 왜 그렇게 하냐!"

제가 처음 글을 팔아 밥벌이를 하겠다고 했을 때 주변에서 얼마나 걱정을 많이 했을까요. 아니, 지금도 겉으로는 웃으며 속으로는 동정 어린 시선을 건네는 주변 사람들도 있습니다. 다정이는 발작 버튼 눌려 별것 아닌 일에 화를 내는 예민한 친구로 저를 생각했을 거예요. 제가 버럭 화를 냈으니까요. 그 당시에 저는 그저 다정이가 나쁘고 배려심 없는 친구라고 생각을 했는데요. 시간 지나 보니 그렇습니다. 위와 같은 똑같은 일이 일어났을 때 이 세상 모든 사람이 나처럼 발끈하며 반응했을까? 전혀 그렇지 않을 거예요. 분명 아무렇지 않게 '응? 아닌데, 나 일하는데?'라고 속으로 생각하면서도 여유 되는 시간 맞춰서 아무 말 없이 다정이 대신 다녀올 친구들도 있을 거예요.

그래서 시간이 좀 지나고 생각해보게 되었어요. 나는 왜 다정이 말에 발끈했을까. 그게 대체 내 마음속 무엇을 건드렸을까. 아마 스스로에 대한 자격지심이었던 것 같아요. 저는 어릴 적부터 아침에 출근하여 저녁에 퇴근하며 월급 주는 회사에 다니는 삶을 꿈꿔왔고, 그걸 이루지 못하고 다른 방향으로 흘러가는 내 삶에 확신이 없었어요. 늘 불안하다고 생각하며 다음 달에 한 푼도 벌지 못해 책이 팔리지 않으면 굶을까 걱정하며 학교와 과외도 포기할 수 없었던 때였으니까요. 불안이 없

으면 이 세상은 굴러가지 않는다고 하죠. 고학력자와 고소득자
들의 대개 공통점이 불안수치가 남들보다 높다는 거였어요. 불
안해야 자꾸만 다음을 생각한다는 불안이니는 너석의 하수 양
날의 검인 것이죠.

　아무튼 제 마음의 밑바닥에서 버럭하고 고개를 내민 것은
레귤러한 직장을 다니는 다정이에 대한 질투심이었을지도, 그
리고 비정규적인 일을 하는 프리랜서의 삶에 대한 자격지심과
불안의 합작이었을지도 모르겠습니다. 이 환상적인 자격지심
과 불안의 콜라보레이션이 초래한 결과는 <사람인> 구직 사이
트에 가입한 것인데요. 다정이가 쏘아 올린 작은 공은 저를 어
느 말도 안 되는 입시학원에 데려다 놓았습니다. 배운 게 도둑
질이라 제가 가진 자격증으로 인정받고 할 줄 아는 것은 가르
치는 일밖에 없었습니다. 구직사이트에 올라 온 그럴 싸 해 보
이는 회사 그 어느 곳에도 지원할 수 없었지요.

　하는 수 없이 그나마 큰 입시학원에 이력서를 넣기 시작
했습니다. 하나둘씩 학원에서 연락이 옵니다. 면접과 수업 시
연을 보고 싶다고 하면서요. 그럼 저는 또 열심히 수업을 준비
해서 약속된 시간에 깔끔한 옷을 입고 찾아 가지요. 최선을 다

해 면접을 보고 열정적으로 수업을 했습니다. 그럼 너무나 감사하고 운이 좋게도 며칠 뒤에 학원에서 연락이 옵니다. 함께 일하고 싶다고요. 그렇게 면접을 보고 합격 소식을 받은 곳만 대여섯 곳이 되었습니다. 합격 통보를 받으면 저는 말 합니다. "저를 좋게 봐주시고 뽑아주셨는데 정말 죄송합니다. 다른 곳에 취업이 되어 귀사에 가지 못할 것 같습니다. 죄송합니다."

저는 레귤러한 직장을 갖고 싶어서 이력서를 넣고 면접을 보러 다닌 게 아니었습니다. 다정이에게, 또는 세상에 이야기하고 싶었나 봐요. '나 내가 레귤러한 직장 가지고 싶은데 못 하는 게 아니라 안 하는 거야. 나도 마음먹으면 아홉 시 출근 여섯 시 퇴근할 수 있거든? 흥!' 저 조금 우습지요? 늘 지나고 나서 제 행동과 사고를 추적해 봅니다. '그때 나는 왜 그랬을까?' 이건 내 탓이 아닙니다. 대부분 내가 의식적으로 말하고 행동하며 선택했다고 믿지만 정말 그 밑바닥의 정신 작용에 대해서 모르고 넘어가는 때가 많습니다. 잘 모를 때는 세상 모든 사람이 똑같은 선택을 내리지 않는데, 그리고 수많은 선택지가 있는데 나는 왜 그런 선택을 했을까? 하고 궁금해하는 것으로 시작합니다.

다정이의 "너 일 안 하고 있잖아. 네가 다녀와."라는 말에 버럭 화가 난 것과 그 말에 구직 사이트에 가입하여 레귤러한 직장을 가지러 면접을 본 행농 그리고 합격 소식에도 결국 입사하지 않은 일들에 대해 생각합니다. 우리에게 절벽같이 시간이 없는데 한 번 살면서 내 마음의 밑바닥에는 무엇이 있는지 적어도 나는 무엇으로 움직여지는지 알고 싶은 호기심이 저를 움직이고 글을 쓰게 합니다.

여전히 잘 모르겠습니다. 글을 팔아 다음 달은 먹고 살 수 있을지, 레귤러한 직장에 대한 욕구가 되살아나 임용고시를 다시 도전하거나 또 구직사이트를 뒤지게 될 수도 있을지 모르겠습니다. 그런데 그 마음의 작용을 그때그때 알아채려 노력하다 보면 어떤 삶을 살든, 어느 곳에 뿌리를 내리든, 어떤 사람을 만나든 아무것도 모르는 때보다 행복을 잘 느낄 수 있지 않을까 하고요. 나를 아는 것은 내가 언제 행복한지 아는 것과 같지 않을까요.

○
위선

저는 정말로 위선적인 사람이었습니다. 위선이란 무엇인가요. 겉으로만 그런 체하는 것을 위선이라 합니다. 얼마나 겉으로 '척'하며 살았는지 모릅니다. 겉으로는 괜찮은 척이나 할 줄 알았지, 진정 속으로 그렇지 못한 일들이 제법 많았습니다.

제 주변에는 임용고시를 준비하는 친구들이 많았습니다. 굳이 한정시키지 않는다면 대부분이 취업준비생들이었지요. 저도 그중 한 명이었습니다. 보장되어있지 않은 미래에 이 젊은 날들을 다 걸고 도전하는 시간들이 얼마나 숨 막히는지 겪어본 사람들은 알 것입니다. 시간은 쉼 없이 흘러가는데 나는 이룬 것 하나 없는 것 같고, 내 시계만 멈춰있는 것 같은 기분이 듭니다. 불안하고 또 불안합니다. 타고난 기질이나 다른 여타 상황이 좋지 않을수록 마음의 우울은 깊고 깊게 파일 것입니다.

어느 날, 규민이가 연락이 왔어요.

"현녕아, 나 사실 시험 준비 오래 하면서 우울증이 너무 심해졌어. 그래서 지금 병원도 다니고 약도 먹고 있거든. 약 먹으면서 많이 좋아지긴 했는데 걱정되는 게 있어. 정신과 진료 기록이 혹시 임용 합격 하고 나서 불리하게 작용하면 어떡하지? 정신과 진료 기록 때문에 합격이 취소되거나 불이익을 받게 되면 어떡하지? 그리고 정신과 약 계속 먹는 것도 사실 너무 겁이나. 내 몸에 안 좋은 건 아닐까."

"규민아, 그동안 너 많이 힘들었겠다. 공부한다고 우리 정말 많이 힘들다, 그치. 그런데 감기 걸리면 내과 가는 것처럼 마음이 힘든 거니까 정신과에 가서 진료받고 치료가 필요하면 약 먹고 하는 건 당연한 거 아닐까. 그래도 용기 내서 병원 간 게 너무 대단하고 멋지다. 그리고 정신과 기록은 개인 동의 없이 절대 열람할 수 없는 거 아니야? 게다가 그 기록 때문에 임용에 불리하게 작용한다는 건. 정말 불공정한 일이다. 그러면 안 되는 거지. 그리고 그럴 일은 없을 거야. 너무 걱정 마. 우선 건강 잘 챙기자 우리."

우리는 우리 일이 아닐 때야 쉽게 이야기할 수 있습니다. 아니, 겪어보지 않은 일에 대해서는 누구보다 쉽게 판단 내리는 함정에 빠지기도 하지요. 제삼자가 되었을 때 객관적으로 판단하는 것이 꽤 좋아 보이지만 실은 그것이 더욱 조심해야 할 구렁텅이일 수도 있는 거겠지요. 저는 겪어보지 않은 일에 대해 참으로 애정을 다해 진심 어린 걱정을 하며 규민에게 말을 전했습니다. 그리고 일 년쯤 지났을까요. 길어지는 시험 기간, 알 수 없는 미래에 대한 불안의 한계점이 저에게도 극에 달해 서서히 몸의 증상으로 나타나기 시작했습니다.

공부를 하다가 과호흡 증상이 나타나 숨이 쉬어지지 않으면 곧장 책을 덮고 집으로 달려가야 했고, 영화관에서 광고가 끝나고 암전이 되면 죽을 것만 같은 두려움, 내가 나를 자제할 수 없을 것만 같은 공포심에 또다시 좌절하며 집으로 향해야 했습니다. 지하철과 버스를 마지막으로 탄 것은 언제인지 가늠도 되지 않았지요. 그럼에도 저는 꿋꿋하게 정신과를 찾지 못

했습니다. 2010년대에만 해도 지금처럼 우울증이나 공황장애와 같은 정신증에 대한 인식이 널리 퍼지지 않았으니까요. 정신과는 정말 사리 분별이 어렵고 자의식이 무너진 사람들이나 가는 곳처럼 보였으니까요. 규민에게 아프면 가서 치료받는 게 당연하다고 가볍게 이야기했던 저는 그 높은 문턱 앞에서 숨이 가쁜 채로 발을 옮기지 못했습니다.

일상생활이 점점 불가해지자 지푸라기 잡는 심정으로 병원을 찾아가서도 저는 위선적인 저를 떨쳐내지 못했습니다. 공황장애라는 진단을 내리는 선생님께 가장 먼저 뱉은 말이 무엇인가 하면요.

"선생님, 약은 안 먹을 수 없나요? 약 없이 치료는 안 될까요? 정신과 약을 먹으면 엄청 살이 많이 찐다고 하던데요. 정신과 약을 먹으면 머리가 멍해져서 공부가 안된다고 들었어요. 그리고 치매도 빨리 올 수 있다고 하던데요. 정말 약 없이는 공황장애를 치료하기 어려울까요?"

이 얼마나 위선적입니까. 옆에 규민이 있었다면 혀를 끌끌 찼을지도 모릅니다. 정말 자기 일이 되면 이렇게나 달라지는 모습이 얼마나 우스운지요. 사람 좋은 척, 겉으로는 모든 것을 다 포용하는 듯하지만 실제와 다른 모습이 얼마나 많은가요. 이런 순간마다 저는 반성합니다. 아닌 건 아니라고, 모르는 건 모른다고, 이해하지 못하는 건 못 하겠다고 말을 해야겠다고. 상대를 배려하는 차원이라면 아닌 걸 억지로 맞다고 하기보다 그저 상대의 마음을 공감해주는 것만으로 끝내야겠다고 말입니다.

당신은 어떤 위선적인 마음이 있으신가요. 위선 하나 없이 살 수 있을까요. 상대를 배려하는 것과 위선은 분명 다른 것이라 생각이 듭니다. 가식과 배려는 다르니까요. 오늘은 제 치부를 드러내 보았습니다. 글에서만큼은 솔직하고 싶습니다.

복권을 선물하는 여자

*사행성 조상 마림 주의!

　　이십 대의 절반을 함께 보냈던 나의 애인은 복권 사기를 좋아했습니다. 사람들의 지갑에서 현금이 점점 사라지고 간단히 카드지갑만 챙겨 다닐 때에도 그는 꼭 만 원짜리 지폐 한 장은 챙겨 다녔습니다. 겨울이 오면 언제 어디서 붕어빵을 만날지 몰라 설레는 마음으로 삼천 원을 챙겨 다니듯, 그는 1년 내내 만날 수 있는 황금 붕어빵을 위해 만 원을 고이 접어서 작은 카드 지갑에 넣어 다녔지요.

　　이제는 길거리에 생각보다 복권을 살 수 있는 가게는 드뭅니다. '복권을 사야지!' 하고 마음먹으면 은근히 눈에 띄지 않는 곳이 바로 복권 가게입니다. 잘 몰랐을 때는 모든 편의점에서 로또와 즉석 복권을 살 수 있을 줄 알았는데, 2018년 이후 정해진 자격에 해당 되는 사람만 복권을 판매할 수 있도록 법이 바뀌면서 어디서나 쉽게 찾기는 어려워졌습니다. (국가가 정한 차상위계층, 즉 기초생활수급자, 장애인 및 국가유공자 등 일정 기준에 부합하는 사람만이 복권을 판매할 수 있습니다.)

우리는 길을 걷다 복권 판매점이 보이면 아주 설레는 마음으로 들르곤 했습니다. 그는 설레는 마음을 애써 누르려는 듯 사뭇 진지하게 만 원을 꺼냈습니다. 그가 복권을 살 때만큼은 식탁 앞에서와 다르게 욕심을 내지 않았는데요. 아리스토텔레스의 혼이라도 빙의한 듯 중용의 덕을 몸에 익혀 넘치지도 모자라지도 않게, 아주 골고루 환상의 조합으로 복권을 구매합니다. 복권을 사보신 분들은 아시겠지요? 복권에는 여러 종류가 있습니다. 우선 가장 많이 구매하시는 로또, 직접 고르거나 기계의 무작위 선정으로 번호 여섯 개를 받아 들고 매주 토요일 저녁 여덟 시 사십오 분에 MBC 방송을 기다려 확인합니다. 사놓고 까먹기도 하고, 바로 확인하기 어려워 재미가 덜한 녀석이지요.

반면 즉석 복권은 그 이름대로 사자마자 나의 운명을 점칠 수가 있어 아주 심장을 쫀득하게 만들어줍니다. 복권을 긁을 동전 하나만 있다면 인생 한 방의 문 앞에 한 걸음 더 가까워집니다. 즉석 복권은 한 장만 구매할 수도 있지만, 보통 두 장을 세트로 구매합니다. 왜냐하면, 내가 구매한 두 장 중에 한 장이 10억 당첨 되었다면 세트로 묶인 나머지 한 장을 긁어보지 않아도 10억임을 알 수 있으므로 이왕 사는 것 행운을 두 배로 노리자는 마음으로 구매하게 되지요. 이외에도 20년 동안 매달 700만 원씩 지급되는 연금복권 등 여러 가지 복권 종류가 있지만, 여기서 그는 딱 더도 덜도 아닌 만 원어치만 구매하기 때문에 선택 사항이 줄어듭니다.

그의 복권 구매는 매주 1회, 로또 5,000원 + 즉석 복권 1,000원 + 즉석 복권 세트 4,000원으로 총 만 원입니다. 로또는 주말까지 결과를 기다려야 하니 종이를 고이 접어 지갑에 넣고, 우리는 카페에 가서 경건한 자세를 하고 각자의 동전을 꺼냅니다. 그리고 즉석 복권을 긁기 위해 자세를 고쳐 앉는데요. 절대 동시에 긁어선 안 됩니다. 한 사람이 긁을 때 옆에서 긴장되는 음악을 깔아주며 지켜보아야 합니다. 그것이 또 하나의 재미였지요. 사다리 타기 게임을 할 때 주로 쓰이는 시그널 음을 붙입니다. "따라다라 닷땃! 따라다라 닷땃. 따라다라 다라리리 당다라디라라" 또는 "두구두구두구두구 오... 오!!! 일억 오!!! 일억!!...! 에이... 뭐야... 아니네..."동전으로 한 번에 싹 긁어버리는 것도 재미가 없습니다. 살짝- 아주 사알짝- 얼마인지, 보일 듯 말 듯 천천히 지우면서 스스로와 상대의 마음을 졸이며 더욱 애타게 하는 것도 하나의 묘미입니다. 그래서 이쯤에서 궁금하시죠? 복권을 그렇게 사댔는데 결과는 어땠을까요. 물론 그가 저에게 10억 당첨이 되었어도 말해주지 않았다면 그만이겠지만 저희는 가끔 천 원이나 이천 원쯤 당첨이 되어 그 돈으로 다시 복권을 구매하는 것으로 재미를 붙였답니다.

복권을 구매하면 그 돈이 기부금으로 쓰인다고 하여 더 좋은 마음으로 자주 샀습니다. 그리고 또 하나, 저는 제가 좋아하는 사람들에게 자주 복권을 선물합니다. 딱 그때의 애인처럼요. 로또와 즉석 복권을 적절히 섞어 만 원어치의 복권들을 준비해 예쁜 봉투에 넣어 아무 날도 아닌데 만나러 가는 길에 생각나서 샀다며 전해줍니다. 그리고 당첨되면 나에게도 지분이 있다는 걸 잊지 말라며 우스갯소리를 더하기도 하지요. 정작 결과는 모두 꽝이라 귀한 만 원이 종잇조각이 될지라도 그걸 받아들였을 때의 기분 좋음과 결과를 확인하는 과정까지의 설렘은 여타 다른 선물들과 비슷한 가치를 한다는 생각이 듭니다.

이렇게 글을 쓰고 보니 최근 들어 복권을 안 산지가 꽤 된 것 같아요. 최근에 즉석 복권에 당첨된 사람의 사연을 보았는데, 친구가 2,000원짜리 즉석 복권 세트 두 장을 사서 10억 + 10억이 당첨된 걸 보고 호기심에 따라서 샀는데 본인도 똑같이 4,000원에 20억 당첨이 되었다고 하더라고요. 일각에서는 복권이 팔리지 않아서 홍보하는 거라고도 하지만, 세상이 어지럽고 나라가 어려울수록 복권은 호황이라고 하지 않습니까. 광고인지 사실 알 수는 없지만 그 당첨자가 소감 한마디를 적는 칸에 <인생은 한 방이다> 라고 쓴 것이 저는 오래 기억에 남았습니다.

요즘 전 세계적으로 인기몰이 중인 <오징어게임>의 상금이 456억이었죠. 복권 당첨 액수도 그 정도는 되어야 인생 한 방이라 할 수 있지 않을까 하면서 공짜로 주어진다면 20만 원도 엎드려 절하며 받을 제 모습이 그려집니다. 독자님은 복권을 구매하신 적 있으신가요. 사행성을 목적으로 하기보다 가끔 이벤트로, 또는 재미로 복권을 구매하시거나 선물을 해보시는 것도 무료한 일상 중에 하나의 사소한 기쁨이 되지 않을까 하며 이 글을 적어봅니다. 누군가와 함께 두근거리는 마음으로 즉석 복권을 긁어보세요! 대신 중독은 금물입니다!

○
그래서 당첨이 되면?
*사행성 조장 아님 주의!

그래, 좋다. 훗날 손현녕 작가를 직접 만나고 몇 마디 대화도 나누며 우리는 친해졌다. 어느 날 만난 작가가 불쑥 선물이라며 로또와 즉석 복권을 내미는 것 아닌가? 자주 받아보지 못한 선물 형태라 신기하기도 하고 또 설레기도 했다. 집에 돌아와 아까 작가로부터 받은 복권이 궁금해서 동전으로 슥- 긁었다. 같은 그림 끼리 짝지어지어 있고 옆에 쓰인 숫자는 10억. 10억이다. 그렇다면 같이 받은 다른 복권도 10억. 한순간에 당신은 20억 복권에 당첨됐다. 이제 어떻게 할 것인가? 손현녕 작가에게 연락해 "작가님이 주신 복권이 20억에 당첨되었어요. 작가님과 반으로 나눌게요. 감사합니다."라고 말할 사람 혹시 여기 있으실까요?

누구나 살면서 한 번쯤 해보는 생각 바로 <내가 복권이 당첨되면?> 일 것이다. 20억으로 서울에서는 괜찮은 아파트 하나 사기 벅찬 금액이긴 하지만 여전히 큰 액수임은 틀림없다. 평범한 직장 생활을 하면서 20억 아니 1억을 모으는 것도 빠듯한데, 갑자기 생긴 이 돈으로 무엇을 해야 할까. 생각만 해도 행복한 고민이다.

우선 나는 은행으로 달려가 전액을 예금으로 예치해둘 것이다. 그리고 내가 살 적당한 보금자리부터 마련할 것이다. 어디든 뿌리내리고 싶다는 생각, 전월세를 전전하며 매달 그냥 빠져나가는 돈에 대한 스트레스를 이제 그만했으면 하는 소망이 가장 크다. 그리고 부모님께 통 크게 용돈도 드리고 아주 부자들만 받는다는 몇 박 며칠에 걸친 건강검진을 가족 수대로 다 같이 받아보면 좋겠다. 일은 하던 대로 아무것도 변화 없이 꾸준히 해나갈 계획이다. 어디선가 그랬다. 복권 당첨이 되고도 이전 삶보다 더 못한 삶을 사는 사람들은 대개 당첨 직후 하던 일을 그만두고 무리해서 사업을 시작하거나 방탕한 생활을 해서였다고. 그러니 아주 현실적으로 하던 일은 계속해 나가면서 은행에서 이자를 받거나 안정적인 주식에 투자해보는 것도 좋겠다.

사실 복권 당첨으로 삶이 크게 달라질 거라는 기대는 하지 않는다. 앞서 말한 <오징어게임>의 456억 정도의 상금이 아니므로. 아니, 사실 400억대의 금액이라 해도 크게 많은 것들이 변하지 않았으면 하는 마음이다. 물질적인 것으로 채워지지 않는 그 무언가가 반드시 있다. 그래서 물질이나 명예를 갑작스레 얻었을 때 더욱 자신의 고삐를 잘 잡아야 하지 않겠나. 당첨되어도 그만, 안 되어도 그만이라는 마음이 중요한 듯하다. 그럴 때 비로소 '중독'에 갇히지 않을 수 있지 않을까. 좋아도 그만, 안 좋아도 그만. 잘 되어도 그만, 잘 안되어도 그만. 다만 순간순간 행복하기로 하는 것. 복권을 긁으면서 설렜다면 그걸로 즐거움은 다 한 것처럼. 복권이 되었을 때를 상상하며 그 순간만큼은 세상을 얻은 듯, 많은 것들이 해결된 듯이 기뻤으니까.

친구들에게 물었다. 복권 당첨이 되면 무엇을 할 것이냐고. 서점 사장님은 빚부터 갚고 아르바이트로 근무하는 친구들을 모두 정직원으로 전환해주고 싶다 했다. 그리고 본인은 홀연히 여행을 다닐 거라고, 그러다 일이 하고 싶어지면 돌아오겠다고. 다른 친구 예슬은 말한다. 아주 계획적으로 수치화하여 배분을 잘할 것이라고. 당첨금액에서 자유롭게 여가에 쓸 금액 20%, 나머지 80%는 도심에 있는 괜찮은 집을 매매하는

데에 모두 쓰겠다고 말이다. 회사 일에 찌들어 있는 은진은 복권 당첨? 그렇다면 다른 것 없이 무조건 퇴사. 퇴사만을 외쳤다. 민우는 말한다. 아무것도 하지 않고 우선 오랫동안 통장에 넣어 두리라고. 그리고 아무 일도 없었다는 듯이 원래 하던 일을 해나갈 거라고 말이다.

　이런 질문을 던지고 서로의 답을 들어보는 이 시간이야말로 복권에 당첨된 것보다 더 신나고 가치 있게 느껴진다. 흘러가는 시간을 잠시 잡아두고 서로의 생각을 머릿속으로 재현해보는 일. 공유하고 공감하며 엮어가는 서로의 시간과 감정들을 그 어떤 물질로 대신할 수 있을까. 그래, 그래도 복권은 당첨되면 좋겠다.

O
옆방 남자 上

　여행을 떠난 곳마다 그곳에서의 정착된 삶을 상상한다. 제한된 시간 내에 여러 곳을 다녀보는 사람이 있는가 하면 나는 한 동네만 정해놓고 몇 날 며칠을 그 동네의 주민처럼 마실을 다니거나 산책을 다니며 그곳의 정취를 느낀다. 제주 모슬포에서의 두 달은 미래의 내 아이에게 제주를 선물해주고 싶다는 이상을 꿈꾸게 해주었고 부유하는 삶에 대한 따뜻한 위로가 되기에 충분했다. 그 남자만 아니었다면.

　스물다섯, 앞뒤 없이 도망치고 싶은 한 여름이었다. 여행을 떠날 때 집으로 돌아오는 비행기 티켓을 끊지 않아본 적이 있는가. 그것만으로 이미 해방감은 시작되었다. 평생 익숙한 가족과 환경에서 살던 내가 모르는 타인과 함께 공동체 생활을 해야 했을 때 이제 진짜 어른이 되어야 하는 어쩔 수 없는 순간이 닥쳤음을 느꼈을지도 모른다.

현실을 도망쳐 나왔으니 주머니에 든 것은 없고 가장 저렴하게 지낼 수 있는 곳을 고르고 골랐다. 그나마 모슬포는 그 당시 관광객들이 많이 찾는 동네가 아니라 더 저렴하게 집을 고를 수 있었는데, 아무래도 단독 원룸이나 오피스텔은 꿈도 꿀 수 없었다. 그래서 어딘가 허름하고 관리가 썩 잘 되어있지 않은 셰어 하우스로 들어가게 되었다. 처음 입주하던 날, 주인아저씨는 붉게 탄 두 뺨과 땀에 젖은 반팔로 나를 맞이했다. 그리고 그날따라 아무도 없는 조용한 집을 대충 둘러보며 소개해 주셨다.

이 셰어하우스는 1층짜리 낮은 건물이 두 개가 붙어있고 한 건물에는 부엌과 거실로 공용시설이 있고 누군가 묵을 수 있는 방이 하나 딸려 있었다. 그리고 나머지 한 건물에는 방 두 개가 있었고 공용으로 사용할 수 있는 샤워실과 변기만 달랑 놓인 화장실이 따로 있어 두 사람이 한 건물에 함께 생활하는 공간으로 분리되어 있었다.

내가 두 달간 생활할 방은 이미 누군가 묵고 있는 방의 옆방. 그러니까 한 건물에 누군가와 단둘이 지내야 하는 그곳으로 정해져 있었다. 주인아저씨는 반복되는 일이 어딘가 귀찮다는 듯 "옆방 사람이 어디 나갔나 보네요. 나중에 오면 인사하세요." 하시고는 금세 사라졌다. 옆방에 사는 사람이 남자인지, 여자인지, 언제까지 묵는지 그 어떤 정보 하나 없이 나는 내던져진 존재처럼 우선 내 방에 짐을 풀었다.

제주의 여름은 습하고 습하다. 얼마나 습한지 에어컨이 없는 방에서 자고 일어나면 아침에 바닥 이불의 뒷면에 물기가 축축하게 서려 있다. 다행히 에어컨은 있었지만 내가 없는 사이에 에어컨이 돌아가지 않으면 모든 습기를 다 머금은 솜처럼 방의 무거운 공기에 짓눌리며 방문을 열게 된다. 그리고 여름마다 기승을 부리는 지네들. 천장 위를 기어가던 지네가 이불 위로 툭- 떨어진 날 밤에는 그 방에서 더 이상 잠을 이룰 수가 없었다. 그래서 공용 거실로 나가 시간을 때우려는데 그 늦은 밤, 누군가 문을 삐걱 열고 들어온다.

"어? 안녕하세요. 혹시 저기 옆방에 사시는 분이세요?"
"네... 안녕하세요."

"저는 저번 주에 왔는데, 이제야 인사를 드리네요. 어디 여행 다녀오셨나 봐요~"

"네…"거실에 켜 놓은 주황색 은은한 불빛을 뚫고 하얀 그의 얼굴과 목덜미가 눈에 들어왔다. 마른 체형에 뾰족한 턱선 그리고 차가운 눈매가 순간 분위기를 얼어붙게 만들었다. 내가 건넨 인사에 그저 한 단어의 대답으로 대화를 꺼버린 그를 보며 의외로 나는 기분이 나쁘지 않았다. 그곳은 제주도였으니까. 일상과 사람에 지친 사람이 혼자만의 시간을 보내며 누군가와 부대끼지 않고 충전하는 시간을 보내고 싶은데 옆에서 쫑알쫑알 말을 걸고 친분을 쌓으려 하면 또 그게 얼마나 귀찮을 수 있을까 하고 내 멋대로 그를 이해하고 공감했다.

그 뒤로도 우리는 단 한 마디도 서로 나누지 않고 몇 주의 시간을 더 보냈다. 같은 성별이 아니기에 변기만 있는 그 화장실을 사용하거나 샤워실을 사용하는 타이밍에 각별히 조심해야 했던 것 말고는 큰 문제가 없었다. 그는 자기 방에서 잘 나오지 않았고, 나 역시 아침부터 밤까지 거의 모든 시간을 밖에 나가 있었으므로 얼굴조차 마주할 일이 별로 없었던 것이다. 이름도 나이도 직업도 아무것도 모르고 또 굳이 알 필요가 없는 사이로 그렇게 시간은 지나갔다. 그렇게 조용히 만난 적 없던 사람처럼 흘러가 버렸어야 했는데 일은 터지고야 말았다.

그날은 대평리에서 친구를 만나고 조금 늦은 11시쯤 집에 들어갔다. 바닷가에서 친구와 맥주를 두어 캔 마신 뒤로 소변이 마려웠는데 혹시 옆방 남자가 자고 있을까 싶어 조심히 바깥문을 열고 화장실로 향했다. 앞서 말했듯 이곳은 변기만 덩그렇게 놓여있는 화장실이라 바닥은 건식이다. 희한하게도 마루 장판에 딱 변기 하나만 놓여있는 작은 공간이라 양말을 신은 채로 들어가서 볼일을 보는데, 이상하게 바닥에 물이 밟혔다. '아- 차가워.' 촉감을 느끼며 변기를 본 순간, 변기 커버에도 촘촘히 묻어있는 물들이 역한 거부 반응을 일으켰다.

찜찜한 마음으로 그걸 휴지로 다 닦고 볼일을 볼지, 아니면 이걸 그대로 둬 볼지를 고민하다 우선 너무 급한 마음에 달려 나가 옆 건물의 화장실을 쓰고 돌아왔다. 샤워를 하고 방에 누워 수도꼭지 하나 없는 건식 화장실에서 변기와 바닥에 물이 떨어져 있을 일이 대체 무엇인고 생각하며 잠이 들었고 곤두선 신경에 아침 7시쯤 눈을 떠나는 다시 화장실로 향했다. 그리고 그 액체의 실체를 알고서 입을 막을 수밖에 없었다.

지난밤의 그 액체는 수분만 증발하여 날아가 버리고 변기 커버에 그대로 말라붙어 노랗게, 노오랗게 나를 쳐다보고 있었다. 내가 밟은 것도 그의 소변이었고 하마터면 급한 마음에 확인하지 않고 앉아버렸다면 내 신체에 닿았을 그 무언가도 소변이었다. 아무리 인사도 없이 지내는 사이라 할지라도 공용공간에서 지켜야 할 것들이 있거늘, 이건 기가 막히고 코가 막히는 일이라 당장 옆방 남자에게 따져 물어야만 했다. 그 와중에도 아침 7시는 이른 시간이라 그가 잠에서 깨길 기다리는 내 모습이 처량하기까지 했다.

부스럭 움직이는 소리가 들려 당장 그의 방문을 두드렸다. 그리고 딸깍- 잠긴 문을 열리고 옆방 남자의 차가운 얼굴을 향해 그럼에도 정중하게 물었다.

"저기요 혹시 어젯밤에 화장실 사용하셨나요? 그게 저기... 소변인 것 같던데..."

"그런데요?"

(다음 화에 이어서)

옆방 남자 ☞

    변기 커버의 그 노란 정체에 대해 물으니 돌아오는 대답은 '근데요?'였다. 순간 내 귀가 잘못됐나, 지금 너무 기가 막히고 어이가 없어 헛것이 들리나 할 정도의 저세상 뻔뻔함이었다.

    "근데요 라니요? 아니, 같이 사용하는 곳인데 그렇게 해놓으시면 어떡하나요."
    "아, 네. 치울게요. 제가 어제 맥주를 많이 마시고 그랬나 봐요."

    끝까지 그의 입에서 미안하다거나 죄송하다는 사과는 나오지 않았다. 치우겠다는 외마디 말을 끝으로 그의 방문은 꾹 닫혔고 나는 어안이 벙벙한 채로 방에 돌아와 이 상황을 애써 이해해보려 노력했다. 사고 회로를 그의 입장에서 처음부터 돌려보았다.

'맥주를 많이 마실 수 있지, 그래. 맥주는 나도 좋아하니까. 그래, 그럴 수 있지. 맥주를 많이 마시면 소변이 마렵지. 그래, 맥주는 화장실을 자주 가게 하는 녀석이니까. 그래, 오케이. 그렇게 취해서 휘청휘청하다가 변기 커버에 흘려? 그... 그래. 그럴 수 있다 치자. 근데 흘린 걸 몰랐다? 그래 정말 그럴까? 그래... 그렇다 치자. 그리고 다음 날 누가 와서 이야기를 한다. 그런데 사과를 안 한다? 그건 아니지. 그건 절대로 안 되지. 이 인간 정말 몹쓸 인간이구만?'

씩씩거리는 마음을 가라앉히고 화장실로 가보았더니 지난 밤 흔적들은 다행히 모두 지워져 있었다. 그러나 나는 찜찜한 마음에 물티슈로 닦고 또 닦아내야 했다. 보지 않았다면 모를까, 그 자리마다의 형체를 기억하는 나로서 사실 그 화장실을 다시 이용하고 싶지 않은 마음도 들었다. 그리고 지내면서 몇 번 마주치지 않지만 같은 공간에 있는 것이 불편하고 마음이 좋지만은 않았다. 나의 제주 생활은 이제 2주가량 남은 상태였고, 그 사람이 언제까지 묵는지 그제야 궁금해졌다. 마침 숙소 주인아저씨께서 마당 청소를 하고 계실 때 슬쩍 곁에 가 여쭤보았다.

"어, 그 남자분은 내일 육지로 올라간다 그랬나. 오늘이 마지막 밤일 거요."

마음이 놓였다. 오늘 밤만 지나면 혼자 있는 것이 무섭긴 해도 불편한 마음은 줄일 수 있겠다 싶었다. 어딘가 들뜬 마음으로 그날따라 잠도 푹 잘 자고 상쾌하게 눈을 떴다. 평소보다 한 시간 정도 일찍 잠에서 깬 시각, 밖은 고요했다. '옆방 남자는 나갔을까? 그래도 어제 마지막인 걸 알았으면 인사라도 할걸 그랬나? 에이, 뭐 하러! 친하게 지낸 것도 아닌데. 그래, 잘 된 일이야. 남은 2주는 좀 편하게 지낼 수 있겠다. 우선 씻자!' 하고 수건과 옷가지를 챙겨 방문을 열고 오른발을 바닥에 내딛는 순간, 미끄러운 액체를 밟고 크게 미끄러지면서 벽에 머리를 박고 그 와중에 무언가 잡으려 벽을 짚다가 팔이 꺾이며 넘어졌다.

넘어진 직후에 아무 생각이 들지 않았다. 우선 다친 곳이 있는지, 내 팔다리가 지금 제대로 움직일 수 있는지 조금씩 천천히 몸을 돌려보았다. 그리고 지금 이 상황이 어떻게 된 것인지, 내가 밟은 건 무엇인지 바닥을 보았는데 내 방문 앞에 둥그렇게 뿌려져 있는 그것은 오일이었다. 향을 맡았는데 먹는 것보다 몸에 바르는 쪽에 더 가까웠다. 대체 보디 오일이 왜 내 방문 앞에 저렇게 뿌려져 있는 건지 슬슬 몸이 오싹해지기 시작했다.

몸을 일으켜 세웠다. 팔이 꺾였을 때 관절에 무리가 갔는지 손목과 팔꿈치 쪽이 계속해서 욱신거리고 불편했다. 분명 그 공간에 나 혼자밖에 없는데 무서운 기운이 자꾸만 들어 바깥문을 열고 나가야만 할 것 같았다. 현관에서 내 슬리퍼를 찾아 신으려는데, 세상에 발을 넣을 수가 없었다. 누가 그랬는지, 슬리퍼는 더러운 먼지와 거미줄에 휘감아져 도저히 신을 수가 없게 된 것이다. 보디 오일을 방문 앞에 뿌리고, 신발을 이 지경으로 만든 사람은 동일 인물일 것이고 그리고 그건 바로 옆방 남자일 것이다. 물론 모든 것은 내 추측이지만 말이다.

그리고 그 옆방 남자는 이미 이곳을 떠났다. 흔적 하나 남기지 않고. 나는 그 사람의 이름도 성 하나도 모르고 나이도 직업도 원래 사는 곳도 모른다. 이번 일은 지난 소변 사건처럼 이해를 해보려고 노력이 되지 않았다. 지나가는 생각에는 혹시 소변 일에 대해 내가 따져 물었던 것과 공동체 생활에 대한 나무람에 의해 생긴 자괴감이 나에 대한 분노로 번져 이런 일을 벌인 것이 아닌가 싶었다. 다 큰 성인으로서 누군가 자신의 배변 실수를 그냥 넘어가 주지 않아서 부끄러움을 이렇게 표출하는 것일까 하는 생각도 했다. 그리고 나는 그대로 경찰서에 전화를 하려 했지만 피의자의 정보가 하나도 없으므로 주인아저씨께 먼저 전화를 걸어야 했다.

자초지종, 상황설명을 모두 들은 주인아저씨는 잠시 뜸을 들이고 생각을 하는 듯 보였다. 그리고 개인 정보를 나에게 알려줄 수 없으니 그 남자에게 자신이 전화를 걸어보겠다면서 다시 전화를 끊었다. 내가 크게 다칠 수 있었다고 분명히 전했다. 잘못 미끄러져서 머리를 크게 다쳤다면 예삿일이 아니었을 거라고까지 말했는데 아저씨는 왠지 자기 선에서 일을 마무리하려는 것처럼 느껴졌다. '일이 이상하게 흘러가네?' 썩은 표정으로 욱신거리는 팔을 잡고 다시 걸려 온 아저씨 전화를 받았다.

"아가씨, 이 남자가 아침에 샤워를 하고 짐을 챙기면서 아가씨 방 앞에서 보디 오일을 흘렸다고 하네요. 자기는 닦는다고 닦았는데 덜 닦였는가 보다고 미안하다고 전해달라네. 그리고 신발에 거미줄 그거는 자기는 모르는 일이라네?"

샤워 후, 이것저것 용품을 챙겨 나오는 길에 가방에서 하필 떨어진 것이 '뚜껑이 덜 닫힌 보디 오일'인 점, 게다가 그게 떨어진 지점에 또 하필 '내 방문 앞'인 점, 닦는다고 닦았는데 왜 내가 손으로 닦아보았을 때 과장 보태어 올챙이가 헤엄쳐도 될 정도로 흥건했는가에 대한 점, 거미들이 하필 그날 아침 여러 개의 슬리퍼 중 내 슬리퍼를 알아두고 친절히 찾아와 그것을 휘감아 놓은 점 등 석연치 않은 부분이 차고 넘치게 많았다.

"아저씨, 제가 크게 다칠 수도 있었다고요. 고의든 아니든 직접 사과를 들어야 할 일이에요 이건. 경찰서에 신고하겠습니다."

"아이, 아가씨. 진정하고, 어디 많이 다쳤나요? 그 남자 전화번호 알려 줄 테니까 그럼 직접 전화를 해봐요. 그 사람은 오전 비행기를 타고 올라가서 지금 제주에 없다고 하네. 그리고 저기, 경찰에 신고는... 저기... 내가 많이 곤란하네... 사실 아가씨가 있는 그 건물이 무허가 건물이라, 신고 들어가서 건물

알게 되면 나도 영업 정지에 벌금까지 물게 돼서 그래요. 아가씨가 많이 안 다쳤다면 그냥 사과받고 이렇게 지나갈 수는 없겠는지요. 내가 대신 사과 할게요 아가씨."

세상은 어쩜 늘 그런 식일까. 상대방의 마음을 헤아릴 여유가 없는 것에 비롯된 일일까. 모두 자기 밥그릇만 챙기고 누가 어떻게 되었든 자기만 손해 보지 않으면 된다는 마음, 못난 자존심 부리면서 사과해야 할 문제임에도 슬쩍 남 탓하며 지나가려는 모습들, 인정하고 책임지겠노라 나서는 일이 마치 자신의 약점을 드러내는 꼴이라 생각하여 자꾸만 비겁해지는 모습들. 이 모든 것은 결국 태도의 문제이리라. 밟지 않으면 밟힐 거라 두려움에 그러는 것인지 본인이 피해자가 될 수 있다는 생각은 추호도 하지 않는 것인지 의문이 들면서 옆방 남자와 주인아저씨에 대해 아니, 인간에 대한 환멸감까지 동시에 오갔다.

결국 옆방 남자와 직접 통화를 했지만 그는 아저씨에게 이미 들은 '우연히 흘렸고 닦았다, 몰랐다'만 앵무새마냥 반복하고 반복했다. 실수라는데, 닦았다는데 뭐 어쩌겠나. 무허가 건물이라서 자기가 길거리에 나앉게 생겼다는데 뭐 어쩌겠나. 이럴 때마다 세상을 살아가는 방식에 대해 그리고 내가 잡아야 할 그 방향에 대해 고민하게 된다. 너무도 다양한 사람들과 한데 섞여 살아야 하는데 내가 나를 지킬 수 있는 방법은 무엇일까. 말도 안 되는 비상식이 난무한 가운데 나는 어떻게 내 상식을 지킬 수 있을까 고민한다. 그래, 그런 것들을 미리 파악하는 안목을 키워 애초에 그들을 피하는 것이 상식일지도 모르겠다.

다섯 갈래의 불꽃 무늬

저는 향수를 좋아합니다. 계절이나 그날 기분에 따라 여러 향을 다르게 쓰는 것도 좋아하지만, 뭐든 한 놈만 패는 성격으로 한 번 꽂힌 향이 있을 때 주구장창 그것만 뿌리고 다니는데요. 큰마음 먹고 샀던 향수가 다 떨어져 가니 슬슬 마음이 불안했습니다. 재구매를 위해 이번에는 더 큰 용량으로 가격을 알아보던 차에 혹시 싶어 당근 마켓에 검색을 해보았습니다. 고가의 향수라 괜찮다면 중고로 사도 되지 않을까 하는 마음과 그래도 남이 쓰던 거에다 유통기한이나 내용물을 믿을 수 있을까 하는 반신반의의 마음으로 말이지요. 아니, 그런데 세상에. 제가 찾던 용량의 향수가 미개봉의 새 상품으로 당근에 올라와 있는 게 아니겠어요?

게다가 가격도 굉장히 저렴했습니다. 굉장히 저렴했기 때문에 내적 갈등은 시작되었지요. 판매자의 설명은 이와 같았습니다.

[면세에서 샀고 새 상품입니당. 박스는 버렸어용.]

그리고 판매자가 올린 향수 사진은 정면 하나와 아래 바닥을 뒤집어 찍은 사진 하나. 이렇게 두 개였습니다. 혹시 유통기한이 얼마 남지 않아 이렇게 저렴한 것인지 채팅을 보냈습니다. 작년에 면세에서 구매했고 미개봉 시 유통기한은 5년이라고 친절히 알려주더라고요. 백화점에서 직접 구매하는 것보다 15만 원이나 저렴하게 구매할 수 있는 기회를 이렇게 놓칠수가 없었지만, 왜 이 판매자는 이렇게 저렴하게 판매하는가에 대해 의심이 들었습니다.

'가품일 수 있겠다!' 그래서 인터넷 검색을 해보았지요. 그랬더니 정말 가품의 세계는 어마무시 했습니다. 정밀하게 하나하나 따지지 않고서야 겉으로 봐서는 아주 똑 닮게 만들었더라고요. 그래도 우리 블로거분들은 진품과 가품을 구분할 수 있는 세심한 디테일을 설명해주셨습니다. 먼저 향수 밑면에 불꽃 표시가 있는데, 진품은 그 불꽃의 갈래가 다섯 갈래로 정확히 나누어져 있다. 두 번째, 향수가 뿜어져 나오는 분무기의 모양새가 자세히 살펴보면 풍차 모양으로 되어있다. 세 번째, 노즐의 모양새가 다르다. 이 중에 가장 믿을 만한 것은 불꽃 표시를 잘 보라는 이야기였습니다.

그래서 판매자가 당근에 올려둔 향수 밑면 사진을 보는데, 이게 사진이라 그런지 정확하게 그 작은 줄기가 보이지 않았습니다. 조금은 불안한 마음에 구매 영수증을 요청했더니 거의 1년 전이라 구매 영수증은 없다고 하여, 면세로 사셨다 하셨으니 비행기 표라도 그럼 보여 달라고 요청했지요. 그러자 판매자는 아주 친절히 이따 거래 장소에 비행기 티켓을 들고나오겠다고 했습니다.

그렇게 거래 시간이 다 되어 장소에 도착하여 귀여운 갈색 푸들을 안고 한 손에 종이봉투를 들고 있는 여자분에게 다가가 "다... 당근?"이라고 조심스레 인사를 건넸지요. 그리고 그녀는 우선 종이비행기 티켓부터 보여주었습니다. 1차 안심이 되었고, 그녀가 봉투에서 향수를 꺼내 보여줄 때 저는 바로 뒤집어 밑면의 불꽃부터 확인했습니다. 아주 선명하게 불꽃이

다섯 갈래 무늬로 뻗은 것을 보고 마음속으로 2차 안심, 얏호! 를 얼마나 외쳤는지요. 그러면서도 전혀 티를 내지 않으며 "이게 혹시 짝퉁일까 봐 걱정이 되어서요. 그래도 큰 금액을 주고 구매하는 거라 그랬습니다..." 라고 했습니다. 그러자 그녀는 3차 안심을 시켜줍니다.

"많이 걱정되시면 매장에 들고 가서 확인해보셔도 돼요. 그리고 이게 가품이면 제가 100배 보상해드릴게요. 매장에서 확인해보세요^^ 저도 이 향을 좋아해서 면세로 살 때 저렴해서 두 개나 샀는데, 하나는 제가 쓰고 있고 나머지는 유통기한도 그렇고 해서 판매하는 거였어요. 박스가 없어서 또 더 저렴하게 드리는 거고요. 안심하셔도 돼요."

그리고 그녀에게 안겨있던 푸들이 저를 쳐다보는데, '우리 주인님 믿어도 돼요. 어서 사 가세요. 그래야 제 간식값이 생기종!'이라고 말하는 듯했습니다. 그리하여 홀린 듯 계좌 이체를 하고 향수를 받아 집으로 돌아왔습니다. 그리고 매일 매일 이 향수를 잘 뿌리고 있는데요. 그래도 백화점 가서 확인은 하지 않을 거예요. 혹시 가품일까 진실이 두려운 걸지도 모르겠어요. 하지만 제 선택을 그리고 그녀와 나눈 그 대화를 믿고 싶은 거라 생각합니다. 물론 향은 원래 쓰던 것과 아주 똑같았으니까요!

그나저나 이 향수 이야기를 친구에게 들려주었더니 뜬금없이 <파트리크 쥐스킨트의 소설 향수>를 추천해줍니다. 저는 영화로만 이 작품을 봐서, 소설이 훨씬 재밌다는 친구의 말에 혹해 이번 주말에는 소설 향수를 읽어보려 합니다. 함께 하시지요 독자님!

4부

마음의 작용을 그때그때 알아채려 노력하다 보면 어떤 삶을 살든, 어느 곳에 뿌리를 내리든, 어떤 사람을 만나든 아무것도 모르던 때보다 행복을 잘 느낄 수 있지 않을까.

키스해도 될까요? 上

크리스마스가 다가오면 생각나는 사람이 있어요. 그는 두 손으로 제 뺨을 부드럽게 감싸며 눈을 마주하고는 낮은 목소리로 제게 물었어요.

"현녕씨, 키스해도 될까요?"

임용고시생에게 겨울은 그다지 반갑지 않습니다. 기온이 내려갈수록 시험 날이 다가온다는 걸 직감적으로 알아차리게 되니까요. 12월에 1차 필기시험을 보고 나면 한 가닥 희망을 안고서 2차 수업 시연 및 면접 준비를 시작합니다. 물론 필기 시험에서 떨어지면 그 준비는 모두 다음을 기약하는 시간으로 돌아가 버리지만요. 그렇게도 차갑기만 한 줄 알았던 겨울이

제게도 따뜻한 기억으로 남을 수 있었던 건 그 사람과의 만남 덕분이었어요.

　그때의 저는 임용고시를 준비한다곤 했지만 온통 제 신경은 글을 쓰는 일에 가 있었어요. 작가가 되고 싶었다거나 어떻게 하면 글을 잘 쓸 수 있을까에 대한 고민이 아니라 당시 조금도 헤아릴 수 없던 제 불안한 마음을 글자로 쏟아내는 일에 몰두해 있었지요. 그리고 꾸준히 글쓰기를 지속할 수 있었던 이유는 아마 그 글을 봐주는 사람들이 있었기 때문이었을 거예요. 맞아요. 그 사람은 제 글을 좋아하는 사람 중 한 사람이었습니다.

　수험생의 신분으로 과외 아르바이트로나마 생활을 이어가는 중에 연애는 사치라 생각했어요. 아니 경제적인 이유보다 스스로에 대한 자존감과 자신감이 바닥까지 떨어져 있을 때라 연애와는 가장 먼 거리에 있는 사람이라 생각했을지도 모르겠어요. 그래서 다가오는 사람도, 내 눈에 드는 사람도 의도적으로 마음에서 지워내려 노력했답니다. 젊은 날에 얼마나 마음 아픈 일인지요. 미래를 위해 저당 잡힌 젊은 청춘이라니요.

하지만 청춘의 푸른빛은 잿빛 같은 수험생활에도 희미하게 비춰 그 자리를 박차게 만들었습니다. 그날은 1차 시험이 끝나고 크리스마스를 2주가량 앞둔 날이었어요. 몇 해의 시험을 거듭할 동안 꿋꿋이 복사로서, 친구로서, 오빠로서 제 옆에서 응원이 되어준 그 사람은 시험을 치르느라 고생했다며 그 사람은 해주고픈 선물이 있다고 했습니다. 대뜸 통화 중에 휴대폰 메시지 창을 확인해 보라고 하더군요. 사진 두 장이 와 있었어요. 부산-서울행 비행기 표 그리고 가수 이적의 소공연 티켓. 무려 크리스마스이브 날의 공연이었어요.

고민을 오래 하지 않고 서울로 향했어요. 돌아보니 달리 보이는 것들이 있어요. 그날의 저는 이성과의 설레는 만남으로 서울행 비행기에 오르지 않았어요. 그때의 저는 어디로 흘러가고 있는지 일부러 아무것도 모르고 싶어 했어요. 될 대로 되라고 마음먹으면 무어든 되어는 있겠지 하고 내 삶을 방관하며 살았어요. 이루어진 것 없는 목표만으로 삶을 연명하기에는 한계에 도달했을 쯤이라 이제는 도망갈 일밖에 남지 않았다고 느꼈답니다. 내 삶의 도망자, 내 삶의 방관자. 그렇게 어느 도피처쯤이라 생각하고 서울에 닿았습니다.

공황에 나와 있던 그. 아주 오랜만에 보는 얼굴이었어요. 먼 길 오느라 고생했다고 어딘가 쑥스러운 듯 웃어 보이네요. 아무렴 저는 좋았어요. 오랜만에 느껴보는 해방감, 떨림만으로 충분했어요. 공항 주차장으로 따라가니 그 사람의 자가용이 있었어요. 조수석에 앉아 서울 시내를 달리는데, 사실 서울을 버스나 지하철이 아닌 개인 승용차로 다녀본 적이 처음이라 그 첫 설렘은 지금도 생생합니다. 그 사람은 능숙하게 우리가 가야 할 곳을 미리 동선에 따라 준비해두었어요. 가장 먼저 간 곳은 저녁 식사 자리였는데요. 홍대의 어느 레스토랑이었어요. 사실 밥이 코로 넘어갔는지 귀로 넘어갔는지 이제는 기억이 잘 나지 않아요. 그날 그 음식의 맛도 그 시간에 나눈 대화도 기억이 희미해요. 주황색 불빛에 뿌옇게 모자이크를 한 것처럼 그리 특별하지도 불쾌하지도 않은 자리였어요. 그건 아마 뒤에 있을 일들을 위한 전야제였을까요.

저희는 식사가 끝나고 기대에 부풀어 있던 이적의 소극장 공연에 도착했어요. 일이 백 명 정도의 소극장 공연이었는데 당시 응답하라 1988 드라마 주제곡인 <걱정말아요 그대> 가 가장 유행하고 있을 때라 다 함께 그 노래를 떼창하며 따뜻한 시간을 보내고 있었어요. 그대여 아무 걱정 하지 말아요. 그 가

사가 자꾸만 도망 다니는 제 삶에, 내 마음이 왜 이렇게 움직이고 있는지 도무지 이유를 알 수 없었던 그때에 얼마나 위로로 다가왔는지 몰라요. 그래서 두 눈에 눈물을 그렁그렁 매달고 노래하는 이적의 목소리에 기를 기울이는데 옆에 있던 그 사람은 노래보다 옆에 있는 저를 더 신경 쓰고 있었나 봐요. 금방이라도 쏟아질 것 같은 눈시울을 알아차렸는지 살포시 제 손 위로 손을 포개어 얹더라고요. 그리고 그는 가만히 손을 잡아주었어요. 말하지 않아도 고생했다고 다독여주는 말소리가 들려왔어요. 공부하느라, 살아내느라 얼마나 힘들었냐고 괜찮으니 지금만큼은 걱정 말라는 이적의 목소리와 그의 온기가 언 마음을 녹이는 듯했어요.

공연이 끝난 뒤 한층 마음이 가라앉았어요. 시간이 꽤 늦어 그는 저를 숙소로 데려다주겠다고 했어요. 그날의 숙소 역시 그 사람이 예약해 주었는데요. 그 모든 것이 얼마나 큰 호의였는지 그리고 그 호의는 또 얼마나 큰 관심과 호감에서 나올 수 있었는지 그 사람의 나이쯤 되어보니 조금이나마 이해할 수 있게 되었어요. 호텔에 도착해서 체크인을 하고 이제 올라가 보겠다며 로비에서 인사를 건넸는데 그는 어딘지 조금 초조해 보이는 얼굴로 쑥스러워하며 말을 꺼냈어요. "현녕씨 제가 다른 의미는 전혀 아니고요. 정말 오해 안 하셨으면 하는데 룸에 제가 준비해둔 게 있어서 그걸 같이 먹어야 하는데 혹시 괜찮으시다면 같이 올라가면 안 될까요? 흑"

귀엽고 고마운 마음 반 그리고 의심과 불안한 마음 반으로 경계심을 늦추지 않고 함께 방에 올라갔어요. 크리스마스이브에 호텔에서 단둘이 방 안에 있게 된다니. 그것까지는 상상도 못 한 일이었지요. 방에 도착하니 그 사람은 어딘가로 전화를 했고 조금만 기다리면 준비해둔 케이크가 도착한다고 했어요. 그리고 그가 덧붙인 "크리스마스이브니까요." 그 말만큼은 어딘가 믿음직스럽지 못했답니다.

룸서비스가 도착하기까지의 그 정적 속의 몇 분이 얼마나 길게 느껴졌는지 몰라요. 음악 소리 하나 없이 고요하게 밀폐된 공간에 앉아있으니 상대방 숨소리에도 집중하게 되더라고요. 그런데 그 침묵을 단박에 깨버린 건 우리 두 사람도 룸서비스 초인종도 아니었어요. 크리스마스이브라 더욱 뜨거웠을 커플들의 사랑 속삭임들이 이런 자리가 어색한 우리 두 사람의 입을 바싹 타오르게 했어요. "크리스마스이브니까요" 라던 그의 말이 이제는 제법 이해가 가기도 했어요. 어쨌거나 재빨리 제 손은 TV 리모컨을 찾았고 볼륨 소리를 있는 대로 키워 민망함을 숨기려고 했지요. 그리고 띵동- 룸서비스가 도착했어요. 딸기가 콕콕 박혀 있는 생크림 케이크였는데요. 그는 온갖 부사를 동원하여 그 케이크를 예약하기가 얼마나 어려웠는지에 대해 생색을 내는데 피식- 웃음이 흘러나와 둘 사이의 긴장감은 잠시 느슨해졌지요.

크리스마스이브니까요, 종교가 없지만, 케이크에 초를 꼽고 불을 밝혀 후 불며 소원을 빌고 또 한 번 이 케이크가 얼마나 맛있냐며 귀여운 생색을 내는 그와 몇 마디 담소를 나누었어요. 그리고 그는 자리를 정리하며 먼저 일어나더니 내일 아침 바로 부산으로 내려가야 하는 저를 공항까지 데려다주겠으니 아침에 다시 호텔 앞으로 데리러 오겠다고 했어요. 그러니 걱정 말고 푹 쉬라며 고생했다고 저를 꼬옥- 안아주었어요. 그때 그 품은 따뜻했고 다신 없을 위로였어요. 그의 가슴팍에서 살짝 얼굴을 들어 "고맙습니다" 이야기했고 그는 제 어깨를 감싸고 있던 두 팔을 풀어 제 뺨을 부드럽게 감싸며 눈을 마주하고는 낮은 목소리로 제게 물었어요.

"현녕씨, 키스해도 될까요?"

○

키스해도 될까요? 中

'그 시간으로 다시 돌아간다면 다른 선택을 할 수 있을까?' 내가 걸어보지 못한 길에 대한 궁금증은 언제나 따라붙어요. 매번 두 개의 문 앞에 서는 것이 인생이라 하면 나는 다른 문을 열었을 때 지금이 아닌 내가 되어있을까 상상하게 되지요. 그런 상상만으로도 위안이 되는 날이 있습니다. 그때 다른 선택을 했었더라면 그 사람과 저는 지금 어떻게 되었을까요?

"현녕씨, 키스해도 될까요?"

순간 꼴깍- 침 삼키는 소리가 그 어떤 소리보다 크다고 느껴질 때 혀로 목구멍을 눌렀어요. 대답을 빨리하지 않으면 동의 사인으로 받아들여 입술이 전투적으로 다가올 것 같았고,

만약 거절을 한다면 어떤 식으로 해야 이 분위기가 어색해지지 않게끔 상처를 주지 않을 수 있을까 고민했어요. 주어진 고민의 시간은 그리 길지 않았답니다. 그러기엔 입술이 너무나. 바짝 제 코앞에 있었거든요.

그렇게 두 입술이 포개어지려는 찰나, 제가 살짝 얼굴을 비켜 한발 물러섰어요.

"오빠, 오늘 저를 위해서 맛있는 음식, 좋은 공연에 이렇게 숙소까지 정말 고마웠어요. 그런데 우리 서로 조금 천천히 더 알아 가보면 좋겠어요. 저는 오빠가 좋은 사람이라는 걸 오늘 많이 느꼈어요. 그래서 순간의 감정이 아니라 오래 보았으면 하는데 오빠는 어때요? 좋은 인연의 시작점에 있는 것 같아요. 게다가 오늘은 크리스마스이브잖아요."

그 사람은 멋쩍은 듯 웃어 보이곤 오히려 제가 민망해할까 걱정했는지 살짝 제 어깨를 두드리며 "그래요. 민망하니까 빨리 집에 가야겠다. 내일 아침 7시까지 로비로 나와요. 공항 데려다줄게요."라는 말을 남기고 급하게 방을 떠났어요. 크리스마스이브에 혼자 남은 방임에도 조금의 외로움이나 쓸쓸함

없이 따뜻한 온기 속에서 이불을 덮고 누웠어요. 그는 집에 잘 도착했다는 메시지를 보내왔어요. 밝은 휴대폰 창을 덮어놓고 천장을 쳐다보며 한참 눈을 껌뻑이다 잠에 들었어요. 그 사람에 대한 내 마음이 어떤지 스스로 계속 물었고 그러하기엔 지금 내가 이루거나 갖춘 것이 없어서 어이없게도 스스로 누군가를 사랑할 자격이나 있냐고 물어댔어요. 산타할아버지를 곧 만나 선물을 받을 줄 아는 아이에게 누가 와서 산타는 없단다 아이야 하고 찬물을 끼얹는 꼴이었지요.

따뜻한 남쪽의 부산 사람에게 서울은 이가 딱딱 부딪히게끔 추웠어요. 크리스마스 당일 아침 7시, 로비에는 그 사람이 기다리고 있었고 저를 공항까지 따뜻하고 안전하게 데려다주었지요. 공항에서 마지막 인사를 할 때까지도 저는 계속해서 궁금해했어요. '어제 만약 이 사람과 입을 맞추었다면 어땠을까, 우린 어떻게 되었을까.' 하고 말이에요. 입을 맞추지 않아서 더 애틋하고 아쉽게 작별 인사를 할 수 있었다고 생각해요. 그래야 다음을 기약할 수도 있으니 지난 밤 내가 내린 결정에 그렇게라도 힘을 실어주고 싶었나 봐요. 이런 식의 자기 합리화는 그만큼 저도 아쉬운 마음이 있어서였을까요?

한가득 여운을 안고 부산에 내려왔어요. 아르바이트를 하러 갈 때도 집에 와서 씻고 누웠을 때도 그 사람은 제 안부를 묻고 시간을 공유하고 싶어 했어요. 누군가 적극적으로 저에게 마음을 열어 보인 지가 오랜만이라 이상과 현실 사이에서 갈팡질팡 혼란이 더 해졌답니다. 그리고 그것은 티가 많이 났을 거예요. 그도 사람이니 눈치를 채고 행동에 옮겨야겠다고 다짐했나 봐요.

12월 26일, 이른 아침부터 그 사람에게서 전화가 왔어요. 다소 들뜬 목소리였지요. 크리스마스 연휴에 이어 연차를 내서 쉬는 날인 건 미리 들어 알고 있었지만 직장인에게 삼일을 연달아 쉬는 것이 저리도 기쁜 일일까 할 정도로 신난 목소리로 제게 물었어요.

"현녕씨, 오늘은 뭐해요?"
"오빠, 저 오늘은 스터디 모임이 있어요!"
"그래요? 몇 시에 마쳐요?"
"한 4시쯤이요?"
"그렇구나, 알겠어요. 스터디 잘하고 와요. 오늘도 힘내요."

"네, 고마워요. 오빠도 좋은 하루 보내요."

정신없이 전화를 끊고 스터디 모임 장소로 향했어요. 1차 시험의 당락 여부는 아직 모르지만, 혹시 붙었을 때 2차 시험을 대비해야 하니 소홀히 할 수 없어 연애나 다른 곳에 신경 쓸 수가 없었지요. 그날 아침 나눈 전화를 끝으로 그 사람과는 더이상 연락이 없었는데 스터디가 다 끝나고 집에 걸어가는 길에 평소와 다르게 조용한 핸드폰이 그제야 신경 쓰였어요. '오빠 뭐해요?' 무심한 척 궁금함을 한가득 담아 메시지를 보냈어요. 그러자 기다렸다는 듯 그에게서 전화가 걸려 왔어요.

"현녕씨, 잘 끝났어요?"

"네, 오빠. 오빠는 뭐해요?"

"나 지금 김해 공항이에요. 현녕씨 있는 곳까지 가면 40분 뒤에 도착할 것 같은데. 커피 한잔할 수 있을까요?"

"네? 네?? 부산이시라고요?"

"네, 우리 커피 마셔요. 할 이야기도 있고요. 부산대역 맞죠? 조금 이따 봐요."

어제 아침까지 서울 김포 공항에서 인사를 나눈 사람이 하루 만에 나를 만나러 부산에 와 있다고 생각하니 불도저 같은 그의 행동에 조금 부담스러우면서도 그가 대체 여기까지 왜 온 것일까 궁금해졌습니다. 부산대역 3번 출구에 그가 나타났고 빙그레 웃는 얼굴을 바라보는데 이제는 여기가 서울인지 부산인지도 헷갈릴 정도로 상황 파악이 그리고 내 감정을 파악하는 데에 어려움이 들었어요. 출구에서 가장 가까운 카페로 안내했고 이게 어떻게 된 일인지 들어봐야 했어요.

"그냥요. 어제 봤는데 자꾸 생각이 나더라고요. 또 보고 싶어서 왔어요."

"정말요? 오빠 근데 내일 출근이라 오늘 또 바로 올라가셔야 하잖아요. 이렇게 먼 길을..."

"걱정 마요. 사실 할 말이 있어서요. 전화나 문자로 하면 안 될 것 같고 얼굴 보고 이야기하고 싶어서 내려왔어요."

"아, 네... 어떤 이야기를..."

"저 현녕씨랑 진지하게 만나보고 싶어요."

키스해도 될까요? 下

    '진심이 드러나도록 표현하는 방법에는 무엇이 있을까? 어떻게 하면 상대방이 한 치의 곡해 없이 내 뜻을 그대로 받아들여 줄까?' 고민한 적이 있어요. 만약 마음이라는 방이 있다면 기꺼이 초대하여 푹신한 소파에 앉힌 뒤, 화면을 띄워 당신이 모르는 내 행동과 말의 이유들의 뒷면이라도 구구절절 보여주면 진심이 그대로 전달될까요.

    단 한 마디 진심이 진심으로 전달되기를 바라는 마음으로 그는 서울에서 부산까지 한달음에 달려왔을 거예요. 진심을 어필하기 위해 우리는 과장 덧붙이곤 하죠. 진흙 속에 진주가 빛나듯이 과장과 거짓을 보태면 진심이 더욱 간절해 보일 거라 믿어서일까요. 그는 어쩌면 스스로도 잘 모르는 자신의 마음을 부풀리고 부풀려 한껏 진심으로 표현했어요.

"현녕씨, 진지하게 만나보고 싶어요. 이 말을 직접 얼굴 보며 하고 싶어서 왔어요. 그리고 대답 당장 안 해줘도 괜찮아요. 조금 더 시간을 가져 보고 알아가 봐요. 그리고 갑자기 내가 내려와서 놀랐을 텐데 나와 줘서 고마워요."

고마우면서도 어리둥절한 표정을 숨길 수가 없었어요. 무언가에 홀린다는 건 사리 분별이 어려워져 평소에 하지 않는 행동을 본인도 모르게 하게 만드는데, 이 사람은 지금 무엇에 이렇게 홀려있을까. 하는 생각을 하기도 했어요. 저한테 홀린 거라 생각이 들진 않았답니다. 무언가에 홀릴 때는 홀리게 만드는 자기 안의 이유가 있을 뿐이니까요. 저는 오지랖이 넓게도 그 사람 마음 안의 이유를 궁금해했답니다.

그렇게 그는 부산에 마음을 내려놓은 채 서울로 돌아갔고, 한동안 연락에서 어색해하는 저에게 그는 뭐라도 결심한 듯 올해의 마지막 날에 약속이 있냐고 물었어요. 약속이 없으면 함께 페퍼톤스의 공연에 가고 싶다고, 새해를 공연장에서 함께 자신과 보내면 어떻겠냐고 말이에요. 순간 머릿속에 여러 장면이 그려졌는데요. 가수가 노래를 잠시 멈추고 이제 새해맞이 카운트다운을 하자고 해요. 큰 소리로 5! 4! 3! 2! 1!!! 다 같이 외치고 "새해 복 많이 받아요. 오빠!", "현녕씨두요. 새해 좋은 일 가득하세요."라고 덕담을 나누고 나면 잠시의 여운이 머물다 왠지 입을 맞추게 될 것 같은 그런 상상 말이에요. 떡 줄 사람은 생각도 안 하는데 저 혼자 열일곱 소녀 마냥 또 주책을 떨어버렸지만 그만큼 새해를 함께 맞이한다는 건 서로에게 소중한 사람이라는 의미가 클 것 같아, 이 공연을 함께 보러 가겠다는 건 사귀자는 말에 무언의 동의로 받아들일까 봐 조심스레 거절을 했지요.

조금 더 시간이 필요했나 봐요. 여유가 없었으니까요. 당장 내 앞날에 뭘 먹고 살아야 할지, 이 길이 맞긴 한 건지, 올해 시험에 떨어지면 내년에는 어떻게 또 다시 준비를 할 건지. 먹고 사는 문제가 달려 있으니 다음 단계로 나아갈 수가 없었어요. 3층에 가려면 2층부터 가야 하잖아요. 누군가를 사랑하는데에 자격이 필요하다고 어리석은 겁을 잔뜩 먹었던 것은 아닐까 돌아보니 이해와 동시에 안타까운 마음이 들어요.

천천히 친해지고 싶다고 서서히 알아 가면 좋겠다는 이

야기를 다시금 전했어요. 이후로 우리는 긴 통화를 자주 했고 그 사람은 부산에 한 번 더 내려와 주었어요. 따뜻한 라테를 손에 쥐고 광안리 바다를 오래 걸었고 회와 소주를 앞에 두고 시간 가는 줄 모르고 서로의 이야기를 들려주었어요. 그렇게 두어 번쯤 만남을 가졌을까요. 여느 때와 다를 것이 하나 없던 오후, 평소처럼 일상을 나누는 통화 중에 불쑥 그는 이야기를 꺼냈어요.

"현녕씨, 어떻게, 우리 관계에 대해 생각은 좀 해봤어요?"
"아, 그게... 오빠. 제가 이번에 임용시험 떨어지고 여력이 없었어요. 앞날이 막막하기도 하구요. 제가 지금 오빠 마음을 이용한다거나 재고 따지는 건 절대 아니지만 그게 참 미안해요. 어떤 방향에서든 확신이 생길 때까지 조금 더 시간을 두고 생각하면 안 될까요."

"음 현녕씨, 이제는 제가 힘들 것 같아요. 현녕씨 나이대의 시간과 제 나이대에서의 시간은 다르게 흘러가는 거 알고 있나요? 제 나이에서 흘러가는 시간의 속도는 현녕씨 나이대보다 훨씬 빠르게 지나가는 걸 느껴요. 그래서 하염없이 현녕씨를 기다릴 수는 없어요. 현녕씨에게 확신이 필요하듯 저에게도 확신이 필요하고 안정감이 필요해요. 저는 젊지 않아요. 그리고 결혼도 전제하고 싶어요. 그런 점에서 이 속도가 맞지 않으면 더 이상 만날 수가 없어요."

그는 다소 상기되어 있었어요. 거절당했다는 생각이 들어서 그랬을까요? 조금 더 친해져 보자는 말이, 조금만 더 기다려 달라는 제 부탁이 그를 거절하기 어려워 둘러대는 말로 들렸을까요. 그는 30대의 시간과 20대의 시간이 얼마나 속도 차이가 나는가에 대해서 길게 늘어놓더니 갑자기 목소리가 차가워지더니 제 등골이 싸해지는 말을 했어요.

"현녕씨, 그런데 제가 이번에 현녕씨 만나면서 돈을 얼마나 쓴 줄 알아요?"

"네...? 그게 무슨 말씀이세요?"

"서울 왔을 때 공연비나 호텔, 그리고 비행기 표, 제가 내려갈 때 쓴 돈까지도. 그렇게 돈을 썼는데 이렇게 되었네요. 물론 뭔가 바라고 한 일은 아니지만요. 제가 아쉬워서 그런가 봐요. 그런데 사범대 졸업한 사람들은 좀 거의 이런 편인가요?"

"네? 그건 또 무슨 말씀이세요?"

"아니, 내 결정을 믿고 좀 따라와 봐도 괜찮을 텐데 자기

고집부리고 그러는 모습이 제가 본 사범대 나온 사람들은 거의 그랬던 것 같아서요. 하하."

그게 그 남자와의 마지막 대화였습니다.

아무 예고 없이 누가 제 뒤통수를 아주 세게 가격한 기분이 들었어요. 그에 대한 배신감이라기보다 함부로 쉽게 이 사람과 키스하지 않은, 이 사람과 사귀지 않은 저 자신에게 고맙고 대견했어요. 저를 만나면서 그가 자발적으로 들인 돈에 대해 저에게 책임을 묻는 행동과 '사범대를 나온 사람은 다 그렇다.'라는 어마어마한 일반화의 오류에서 어이가 없는 나머지 제 스스로 이마를 탁! 쳐버렸답니다.

그리고 그가 이야기한 속도에 대해서 곱씹어 보니 문득 화가 치미는 거예요. 왜 그는 본인 속도만 강요하는 것인가? 하고 말입니다. '이인삼각 경기를 하는데 자기 혼자 속도 내서 달려가 버리면 쓰나' 하는 마음에 씁쓸한 웃음만이 남았습니다.

혼자 달리는 계주라면 상관없습니다. 하지만 누군가와 함께하는 일은 대개 이인삼각 경기입니다. 미리 발을 맞추어야 하고 천천히 발맞춰 달리다가 한쪽이 넘어지면 같이 넘어지기도 하고 또 내가 먼저 달려가고 싶어도 상대방 속도에 맞추어 달리기도 해야 합니다. 강요할 수 없는 일에 그는 자신을 방어하기 위해 많은 이유를 달았습니다. 그에 더해 분노는 '돈과 사범대'로 마무리 짓는 모습까지 완벽했달까요.

쓸쓸한 크리스마스를 선물해 준 그로 인해 인생의 속도에 대해 다시금 제 생각을 정리할 수 있었습니다. 과연 속도라는 것이 있을지. 유명한 저서의 제목처럼 인생은 속도가 아닌 방향이라는데 그와 같이 어딘지도 모르고 남들 다 가는데 뒤늦을세라 쫓기며 사는 삶일 때 속도에 집착하게 되는 건 아닌지. 그렇게 빨리 가려 하다가 정말 빨리 영영 가버리면 어쩌려고 싶기도 하고, 빨리 가면 닿는 곳이 어딘지도 궁금했습니다.

저는 나무늘보도 되었다가 누구보다 날쌘 치타도 되었다가 그저 제 마음과 상황이 이끄는 대로 저만의 속도에 맞게 걸어가 보려 합니다. 여러분은 누군가와 이인삼각을 위해 배려하며 맞추어 가는 중인가요, 저처럼 혼자만의 속도 속에 유영하는 중인가요. 여러분의 지금 속도는 어떠한가요?

○
양 떼 속의 늑대들

어디에나 이상한 사람은 있다. 무례한 사람도 있고 상식 수준을 벗어난 행동을 하는 사람도 있다. 그런 사람들은 양 떼 속의 늑대처럼 평범하고 선한 사람들과 섞여 살며 아무렇지 않은 척을 한다. 그래서 평소에는 잘 모르지만 극한의 상황에서 본색을 드러낼 때 우리는 늑대가 나타났다며 소리 지르고 도망을 가버린다. 양의 무리에서 발견한 늑대, 당신은 그대로 줄행랑쳐서 도망갈 것인가. 늑대 앞에 대적할 것인가. 우리는 금요일 밤 양꼬치 집에서 그 못난 늑대를 만났다.

하루의 피곤함도 잊은 채 주말을 맞이하여 거나하게 야식을 먹어보겠다는 심산이었다. 양꼬치에 맥주도 곁들이면 얼마나 시원할까 가게 문을 열고 들어가기 전까지 우리의 발걸음은 얼마나 신나고 가벼웠는지 모른다. 여덟 개에서 열 개쯤 되는 테이블에 거의 모든 사람들이 앉아 있었고 문 앞에 있는 테이블 하나가 비어 있어 선택의 여지 없이 우선 앉아 메뉴를 들여다봤다. 그런데 앉을 때부터 그 뒷자리 사람들의 목소리가 심상치 않았다. 단 두 명이 앉아 있었는데 목소리가 어찌나 큰지 내가 악을 쓰고 말하지 않는 이상 내 목소리는 그대로 묻혀버릴 정도였다. 처음에는 술에 취해서 그렇겠거니 했다. 이 정도의 소음이야 조금 지나면 그래도 괜찮겠지 했다. 그런데 버럭 소리를 지르더니 먹던 소주잔을 바닥에 던지고 온통 난장판이 되고서야 이건 양 떼 속의 늑대다. 라는 생각을 하게 되었다.

그리고 조용히 사장님에게 뒤 테이블 사람들에게 조금만 조용히 해줬으면 좋겠다는 이야길 전해 달라고 부탁했다. 그 사장님은 센스 있게도 우리의 이야기를 듣자마자 그 자리로 가지 않고 한참 서빙을 돈 후에 어디서 들어온 불편인지 모르도록 그 늑대들에게 다가가 예의 바르게 조용히 해주시기를 부탁했다. 그 정도면 이제 조용히 해질 줄 알았다. 이 사회 속 늑대들에게는 그것은 너무 크게 베푼 아량이었을까. 이제는 아주 고삐를 풀어버린 듯했다. 그쯤 되니 우리가 여기에 와서 먹고 있는 건 뭔지, 친구와 내가 마주 앉아 나눈 이야기는 대체 무엇이며, 기분 좋게 와서 돈 내고 맛있는 음식을 먹는데 왜 이렇게 불쾌해야 하는지 서서히 친구와 나 역시 예민해지기 시작했다. 와 이거 참 못 참겠다 하는 찰나.

"저기요, 저희 너무 시끄러워서 그런데 조금만 조용히 해주실 수 있으세요?"

친구는 몸을 획 돌려 뒷자리에 있는 그 늑대들에게 불편을 그대로 전했다. 그녀는 최대한 화를 찍어 눌러 상냥하고 예의를 지켜 말했는데, 그 말을 듣자마자 그 기차 화통을 삶아 먹은 늑대는 굉장히 과장된 몸짓과 말투로 고함을 쳤다.

"아, 엿 같네 진짜. 야, 집에 가자. 저년들 때문에 기분 더러워서 못 먹겠네."

그리고는 주섬주섬 옷을 챙겨 입으며 계산대로 가더니 갑자기 사장님에게 말도 안 되는 사근사근하고 친절한 말로 "아이구, 저희 때문에 시끄러우셨죠. 죄송합니다. 사장님~"이라고 말을 하는 것이었다. 실소가 터졌다. 아까까지만 해도 사장님이 조용히 해달라고 했을 때 기분 나쁜 티를 팍팍 내더니 분노의 대상이 확실해져서 그런 건지, 최대한 젠틀하고 매너 있는 모습으로 퇴장해야만 오히려 이런 것에 불편함을 표시한 우리를 이상한 사람으로 몰아갈 수 있다고 생각했는지 그 머리통은 도통 이해할 수 없었지만 우습기가 안쓰러울 정도로 그 모습은 짠했다.

그들은 계산을 마치고 휘청휘청거리며 문 앞에 앉은 우리 테이블을 지나갔다. 그렇게 시끄러운 소리들이 이제야 나가는가 싶었는데 입구에서 갑자기 그 늑대는 소리를 지르기 시작했다.

"아 !!!!!!악!!!!!!!!! 아오 병신 같은 년들이 개지랄이네."

2차 실소가 터졌다. 사람이 얼마나 못나야 저럴까. 얼마나 속에 분노와 악이 가득 차 있으면 저럴까. 술에 취했을 때 실수하는 많은 것들은 평소 심리적인 억압이 많을수록 제어되지 못한 채 튀어나오는 것들인데, 대체 저 사람은 평소 어떤 생각과 감정을 그토록 이해받지 못해서 저렇게 못난 모습을 하고 있을까. 선하고 바르게 사는 양 떼들 속에서 늑대인 것을 숨기고 사는 게 얼마나 힘들까 안쓰럽고 불쌍했다.

본인이 생각하기에 '술 마시면 좀 시끄러울 수 있지.' 하고 혹시나 불쾌했다면 (사실 이것마저 이해 안 가는 포인트지만) 직접 우리 앞에 와서 "저기요. 저희가 시끄러웠다면 죄송하지만 술집이니 그럴 수 있는 거 아닙니까."라고 한 마디쯤 직접적인 대화를 시도해볼 수 있었을 텐데 그마저도 용기가 없어 한 발치 떨어져 들으라는 듯이 해대는 포효가 그렇게 지질하고 못나 보일 수가 없었던 것이다.

그때가 선택의 순간이었다. 이 드렁큰 늑대와 대적하여 "당신 방금 뭐라고 했어요?"라며 늑대 잡기를 시작할 것인지, 똥은 더러워서 피하는 것이니 불쌍한 늑대를 두고 혀를 끌끌 차며 흘려보낼 것인지의 선택 말이다. 우리는 후자를 택했다. 순간적인 감정보다 현실적이고 합리적인, 이성에 따른 사고가 더 크게 개입했다. 대적하여 무엇 할 것이며, 요즘 같은 세상에는 일단 좀 쎄-하고 이상하면 피하는 것이 상책이니까.

여러분은 어떤 선택을 하셨을까요?

○
두근두근 열아홉

어린 날의 겨울밤, 자정이 넘어가는 시간. 좁은 골목길 붉은색 가로등 아래에서 깨진 소주병으로 찌이익- 벽을 그으며 나를 향해 걸어오는 늙은 취객이 있었다. 양옆으로 아무렇게나 늘어선 차들이 무심하게 서 있고 나는 뒤로도 옆으로도 도망갈 수 없어서 최대한 눈을 마주치지 않으려 조심히 걸음을 뗐다. 다가오던 취객은 저벅저벅 저벅 깨진 소주병의 날을 나에게로 돌려세워 걸음을 재촉했다. 그와 마주하기 한 두 걸음도 채 남지 않았을 때, 뒤에서 누가 내 어깨를 감싸 안았다.

나는 고3이니까. 누가 억지로 공부를 시킨 것도 아닌데 마땅히 남들처럼 앉아 있어야 할 것 같았다. 독서실의 한 자리를 맡아두고 친구와 떡볶이를 먹으러 한참 자리를 비우거나,

배를 채우고 돌아와서는 책 한 페이지에 침으로 쩌억 붙은 얼굴을 누이고 몇 시간 동안 꿈의 세계를 항해했다. 독서실에 앉아 좋아하는 과목의 문제 몇 페이지만 풀고 잠을 자거나 친구와 떡볶이를 먹고 돌아오는 것으로 시간을 때우면 그날 집으로 돌아가는 길이 수험생으로서 벅차고 뿌듯하여 때로는 스스로 가엾기까지 했다. 양심이 얼마나 없었는지 새벽 한 시쯤 되어 집에 걸어가는 골목길에서 나는 자기 연민에 빠져 이 나라의 수험 제도에 통탄해하기도 하고 수험생이니까 살이 마구 쪄도 괜찮다 자위하며 집에 가서 끓여 먹을 라면을 머릿속으로 고심하여 골랐다.

학교에 가면 0교시 아침 자습 시간에 친한 친구들 몇 명이 모여 스무 살이 되면 무엇을 가장 먼저 하고 싶은지에 대해 떠들었다. 영주는 좋아하는 가수 공연을 자유롭게 보러 다니고 싶다고 했고 희수는 남자친구를 사귀고 빨리 뜨거운 첫 키스를 해보고 싶다고 했다. 입술과 입술이 닿는 느낌이 어떨까 궁금해하는 여고생들의 대화는 치기 어리면서도 사뭇 진지하고 순수했다. 그런 0교시의 수다 테이블에 설레는 일화 하나가 등장했는데, 그 이야기의 주인공이 내가 될 줄은 그때까지 상상할 수 없었다.

여느 날과 같은 밤이었다. 그날도 효선이와 나는 떡볶이, 불오뎅을 맛있게 먹고 독서실에서 두어 시간 맛있게 잤다. 퉁 퉁 부은 채 사탐 과목 몇 문제 풀어보고는 열두 시가 넘은 걸 보고 가방을 챙겨 나왔다. 갈림길에서 친구와 인사를 나누고 혼자 골목길을 들어서는데 저 멀리 비틀거리며 다가오는 한 사람이 보였다. '술에 취한 사람이겠거니' 하고 별다른 경계심 없이 지나가면 되겠거니 했다. 손에 들린 가로등에 반사되어 반짝이는 깨진 소주병을 알아채기 전까지는 말이다.

'어떻게 해야 하지? 저 아저씨가 나를 쳐다보며 오는 것 같은데. 뭐라고 중얼거리는데, 뒤로 돌아서 달려야 할까? 뒤돌아서 달리는 순간 저 아저씨도 전력 질주해서 날 잡으면 어떡하지? 아니면 차 밑에 엎드려서 기어들어 갈까? 그러기엔 시간이 너무 촉박하겠지? 아, 점점 더 가까워지네. 소주병 날을 왜 나한테 세우면서 걸어오지? 너무 무서워. 어떡하지? 지금 전화기를 꺼내서 엄마한테 전화하면 아저씨를 더 자극하게 되는 걸까? 아 이제 코앞인데. 아. 어떡하지!!! 아!!!'소주병에 퍽 하고 찔리려나 싶은 찰나 나보다 키가 큰 누군가 내 어깨를 따뜻하게 감쌌다. 그리고 그 사람은 나만 들을 수 있도록 작게 속삭였다.

"저기, 앞만 봐요. 지금은 나 쳐다보지 말고 앞만 보고 가요."

극도의 공포를 느끼던 순간, 내 머리 위 왼쪽으로 키가 큰 젊은 남자는 내 오른쪽 어깨에 커다란 팔과 손을 얹었고 그렇게 어깨동무를 한 채 나지막하게 앞만 보고 걷자고 했다. 얼떨결에 열 걸음에서 스무 걸음쯤 걸었을 때 날 위협할 것만 같았던 취객은 저 멀리 아쉬워 보이는 뒷모습으로 멀어졌다는 걸 알아차렸다. 그리고 한숨 내려놓았다는 듯 어깨동무를 풀더니 그 남자는 자초지종을 설명했다.

"많이 놀랐죠. 미안해요. 골목에 들어섰는데 학생 뒷모습이 보였어요. 그리고 앞을 보니 저 취객이 마주 오더라고요. 근데 손에 깨진 소주병 하며 걸어오는 폼이 예사롭지 않은 걸 보고 주의 깊게 보면서 따라오고 있었는데 아저씨가 갑자기 학생 쪽으로 걸어오더라고요. 순간 너무 위험해 보여서 저도 놀란 마음에 그렇게밖에 아는 척을 못 했어요. 저도 고등학교 다니는 여동생이 있어서 동생 생각이 났나 봐요. 내가 더 놀라게 한 거 아닌가 모르겠네요."

"아... 감사합니다..."

"아니에요. 집까지 조심해서 들어가요!"

독서실에서 침 흘리고 자던 꿈에서 아직 덜 깼나? 볼을 꼬집었다. 어느 소설에나 나올 법한 일이라 생각이 들었으니까 말이다. 백마 탄 왕자가 위험에 처한 공주를 구하는 그런 뻔하디뻔한 플롯이 내 인생에도 이렇게 재현될 수 있구나! 밤잠을 설치고 학교에 갔다. 0교시 자습 시간이 그토록 기다려진 적이 있었던가. 키가 크고 멋진 대학생 오빠가 죽을 뻔한 위험에서 나를 구했다며 설레는 이야기를 만담꾼마냥 들려주었고 친구들은 까치발을 들어 대학생 오빠 역을 자처하며 어젯밤 그 상황을 재현하며 꺄르르 꺄르르 웃기 바빴다.

십수 년이 지난 지금, 그날 밤의 일이 꿈인지 현실인지 이제 알 길이 없다. 꿈꾼 것을 현실이라 믿으며 살고, 실제 일어난 일을 꿈이었다며 파도 아래에 덮어두고도 산다. 사실의 여부가 그리 중요한가 싶은 순간이다. 어떻게 기억하고 있는지 나는 그 기억으로 현재를 행복하게 할 수 있는지가 중요하다는 것을 그 대학생 오빠로 인해 상기시킨다.

두근두근 열아홉의 나를 설레게 한 대학생, 아무것도 알
길이 없는 그 신기루 같은 오빠. 설령 내가 만들어 낸 피사체라
할지라도 행복한 기억 하나쯤 괜찮지 않은가.

○

지갑 열리는 소리

12월이 되니 왠지 자꾸 뭔가를 사고 싶은 물욕이 샘솟습니다. (12월 말고도 자주 그러함) 여러분은 어떤 것들을 주로 많이 사는 편이신가요? 또는 어떤 걸 살 때에 돈이 아깝지 않다고 생각하시나요? 문득 제가 쓰는 돈의 명세를 하나하나 돌아보았는데요. 같은 금액이어도 A를 살 때는 아무렇지 않게 써지는 것이 B를 산다고 하면 너무나 아까워 선뜻 손이 나가지 않는 것들이 있었습니다. 그것에 대해 오늘 이야기를 나눠볼까 합니다.

돈은 버는 것도 중요하지만 잘 쓰는 것도 중요하다고 하는데 어디에 어떻게 쓸 때, 잘 썼다고 할 수 있을까요? 이건 정답이 없고 사람마다 중요시하는 가치에 따라 달라질 거라 생각합니다. 저는 손으로 만질 수 있는 물성으로 확실하게 내 것으로 소유할 수 있는 것에 돈을 쓰게 되는 편입니다. 즉, 이 만으는으로 만져지지 않고 확실하게 내 것이 되지 못하는 것에는 돈을 쓰기 주저합니다. 예를 들어 볼까요. 당장 20만 원짜리 코트 하나 사는 건 크게 망설여지지 않고, 또 이것저것 이유를 갖다 붙여서 사게 되는데 한 달에 20만 원 하는 학원비는 그렇게 비싸고 아깝게 느껴지는 겁니다. 더 큰 단위로 이야기해 보자면 차를 사거나 바꾸는 데 드는 몇백몇천만 원 이상의 비용은 그럭저럭 모아서 살 수 있을 것만 같은데 한 달에 백만 원 가까이 하는 PT 비용이나 상담 비용은 감당해내지 못할 거라며 핑계를 대고 지갑을 꾹 닫아 버리게 됩니다.

코트와 자동차, 학원비와 상담비. 저는 확실하게 내 것이 된다는 보장이 없는 것에 값을 치르기 무서워하고 있었습니다. 이야기를 나누어보니 저와는 반대의 소비패턴을 가진 친구가 있었어요. 뭔가 물성이 있는 구체적인 사물을 가지면 그것이 소모되고 낡아 없어지는 데 반해 지식이나 기술을 배우는 무형의 것을 배우는 것은 평생 내 몸에 익혀지는 것 아니냐며 말이에요. 무엇이 옳고 그르다 할 수 없습니다. 그런데 흥미로운 부분은 제 소비 패턴을 들여다보고 그 이유가 뭘까 골똘히 들여다보니 그것도 제 마음자리, 제 성향과 많이 닿아있는 것이었어요.

저는 고백하자면 관계 단절에 심각한 두려움을 가지고 있는 사람이에요. 좋아하는 친구가 사라져 버릴까 봐 이 친구가 그곳에 그대로 있는지 자주 확인하고 떠나면 오래도록 슬퍼하곤 해요. 소유하고 싶어 하는 마음도 컸어요. 내 것이었으면 하고 남한테 빼앗기기 싫어하는 마음도 동시에 존재했지요. 불확실한 관계는 나를 미치게 만들기도 했어요. 정의 내려야만 한다고 생각했지요. 너랑 나는 무엇이다. 공식처럼 성립하기를 바라기도 했어요. 확실했으면 하는 바람이 마음에 늘 가득했나 봐요.

오래 들여다보니 그렇지 않을 수 있다는 걸 알아가고 있어요. 너랑 나는 무엇이 아니어도 괜찮다. 너랑 내가 무엇이 아니어도 좋을 수 있다. 모든 관계는 정의할 수 없다. 있다가 없을 수 있고 없다가도 있을 수 있다. 불확실함에 대해 괜찮다고 스스로 엄마가 되어 어린 나를 알아차리고 조금은 스스로 달래줄 수 있게 되었어요.

눈치채셨을까요? 갑자기 돈 이야기를 하다 마음 이야기를 하는 것에서 말이에요. 제 마음처럼 소비 패턴도 그래요. 겨울 코트는 내가 확인하고 싶을 때 옷장을 열면 그 자리에 있어요. 자동차도 거금을 들여도 바꾸면 언제나 내 소유물이고 내 것이에요. 너는 내 차야. 너는 내 코트야. 그런데 PT나 학원비는 돈을 내고 수업을 들어도 당장 나에게서 그 변화를 찾기가 어려워요. 상담은 더 해요. 마음을 꺼내서 좋아지고 있는지 확인할 수가 없어요. 모든 것이 내가 두려워하는 불확실한 관계와 닿아있는 거예요.

이렇게 알고 나니까 하나씩 다시 선택의 순간으로 돌아가게 돼요. 지갑을 여는 그 선택의 순간에 말이에요. 나한테 정말 필요한 걸 알면서 불확실함 때문에 망설이게 되었던 그 순간에 어쩌면 당장의 불안함을 없애려 샀던 그 코트나 액세서리보다 '멀리 봤을 때 너에게 정말 필요한 걸 선택해. 진정으로 네게 중요한 게 무엇일까?'라고 말해주고 싶어요.

지나고 나면 보이는 것들이 있어요. 흔들리는 눈금은 읽을 수가 없으니 기다릴 수밖에 없잖아요. 지나고 나니 어리석었던 소비들이 있어요. 또는 아깝게 놓친 기회들이 있어요. 저는 제

마음의 결핍으로 인해 열렸으면 좋았을 지갑을 다시 열어볼까
해요. 저한테 정말 필요하지만 마음이 거부해서 열지 못했던
그런 소비를 해볼까 해요. 대신 즉각적인 행복이었지만 오래
가지 못했던 그런 부류의 소비를 줄여야겠지요.

현명한 소비, 그리고 지속 가능한 행복을 위해 지갑을 똑
똑하게 열어봅시다, 우리. 정답은 없지만 나만의 모범답안은
만들어 볼 수 있잖아요. 돈! 나를 위해 잘 참고, 잘 쓰기. 같이
해 볼래요?

○

방관자 효과

주변에 사람이 많으면 많을수록 책임이 분산되어 오히려 위험에 처한 사람을 덜 돕게 된다고 한다. 오죽하면 위험에 처했을 때 눈에 보이는 여러 사람 중 한 사람을 콕 짚어 도움을 요청하라고 배웠을까. "거기 빨간 가방 들고 계신 분, 112에 전화 좀 해주세요!" 살면서 그런 요청을 해야 할 순간이 몇 번이나 올까. 영화에나 있을 법한 일이겠지 했지만 주의 깊게 뇌리에 새겨두어야 했나 보다. 나에게도 그런 일이 일어나고야 말았으니.

처음 집 밖을 나와 자취를 시작한 건 대학 때의 일이 아니다. 취업을 하고서는 더욱 아니다. 그건 엄마와의 감정의 골이 깊어질 대로 깊어져 더 이상 우리는 함께 살 수 없겠다 싶었을

즈음의 일이다. 진정 괴롭다면 행한다는 것을 그때야 몸소 알았다. 괴롭다는 말만 반복하면서 행하지 않는 것은 덜 괴로운 것이다. 아프다면서 병원에 찾지 않는다는 건 덜 아프다는 것 아니겠는가. 이가 아프면 잇몸으로도 살 수 있는 것이 생이라 믿고, 취업도 하지 않은 채 한 달에 고작 오십만 원쯤 버는 아르바이트 비용으로 어떻게든 살아보려 집을 떠났다.

대학가의 작은 원룸, 나는 엘리베이터가 없는 4층에 살았다. 처음부터 정이 가지 않았던 집이라 물건을 거의 두지 않고 살았다. 이불에 베개 하나, 그리고 바닥에 테이블 하나 두고 아무도 살지 않는 집처럼 공기처럼 지냈다. 마음이 얼어붙어 있어서 그랬을까. 그 집 문을 열고 들어가면 따뜻하지 않았다. 생판 모르는 남의 집도 그렇게 정이 안 붙을 수 있을까 싶었는데, 어떤 흔적이라도 남기고 싶지 않은 마음은 먹은 것을 치울 때도 마찬가지였다.

점심에 끓여 먹은 라면이 남았고 저녁에 데워 먹다 만 도시락이 있었다. 시간은 오후 여덟 시쯤, 사람들은 집으로 돌아와 저녁을 먹고 텔레비전을 보며 쉬고 있을 무렵. 음식물 쓰레기를 오래 두면 벌레가 생길 것 같은 기분과 내일이라도 이곳을 떠날 사람처럼 흔적을 지우고 싶은 마음에 빨리 일 층에 내려가 비워버리고 싶었다. 꽤 귀찮았지만 한 손에 음식물 쓰레기를 들고 문밖을 나섰다. 비우는 건 금방이니 휴대폰은 집에 두고 나간 것이 이 글의 복선이라면 복선일까.

회색 후드 티에 편안한 추리닝 바지. 맨발에 삼선 슬리퍼를 신고 한 손은 후드 주머니에 찔러 넣고 한 손에는 음식물 쓰레기가 찰박찰박하게 담긴 플라스틱 반찬 통을 들고 계단을 내려갔다. 그리 빠르지도 또 그다지 느리지도 않게, 박자에 맞춰서 하나둘, 하나둘, 하나둘 걸어 내려오다가 그만 발목을 삐끗했는데 순간 손에 들고 있던 음식물 쓰레기를 떨어뜨릴까 봐 손으로 짚지 못하고 발목이 돌아간 채로 그대로 하중을 모두 실어버렸다. 발목은 반대로 돌아가 덜렁거렸고 말로 표현할 수조차 없고 입에서 아무 소리도 나지 않을 정도의 고통 그리고 넘어지는 순간 뇌리와 귓전에 뭔가 터지는 소리가 팍!!! 하고 들렸다.

전모는 그랬다. 계단을 따라 내려가는 층마다 움직임이 감지되면 센서 등이 켜지는데 3층에서 2층으로 돌아내려 가는 계단에서 등이 한 템포 늦게 켜지면서 미처 마지막 계단을 못 보고 미끄러지며 발목이 돌아간 것이다. 처음에는 악 소리도 나오지 않았다. 팍! 하고 터지는 소리와 함께 몇 초 지나지 않아 입에서 소리가 절로 나왔다. "악!!!!!!" 눈치 없이 뒤늦게 켜진 센서 등은 몇 초간 자리를 지키다 슬며시 사라졌고 고요하고 검은 계단에 주저앉아 한쪽에는 쓰레기통을 두고 처연히 울부짖었다. "제발 도와주세요. 제발 도와주세요. 제발 나와 주세요." 계단에서 마주 보이는 202호와 203호 문을 보고 계속 소리를 질렀다.

우당탕 넘어지고 나서 소리를 내지르기 전까지 자기만의 방에서 나는 신나는 소음으로 계단은 시끄러웠다. 전자레인지가 다 돌아간 소리, 텔레비전 소리, 친구와 통화하는 소리까지 프라이버시라곤 없는 대학가 원룸이라면 어디든 들려올 법한 소리였다. 하지만 반쯤 돌아가 덜렁거리는 발목을 잡고 애원하게 되었을 때, 그 원룸에서 들려온 모든 소음은 하나같이 사라지고 정적만 이어졌다. 마치 문 뒤에서 바깥 상황을 가만히 숨죽여 지켜보는 사람들만 남은 것처럼 말이다.

그때 왜 나는 배운 것들이 생각나지 않았을까. "거기 202호 사시는 분, 나와서 도와주세요. 119 좀 불러주세요!"라고 외

251

치지 못했을까. '정작 필요한 것들은 필요한 순간에 발휘되지 못한다. 사람들도 무서웠을 거야. 세상이 워낙 흉흉하니까. 혹시 칼을 든 강도라도 복도에 있다고 생각하면 그 누가 쉬이 문을 열고 나설 수 있겠어.' 지금에야 이런 이해를 해보지만 당시 내가 느낀 공포는 사람에 대한 환멸과 사회에 대한 불신까지도 야기할 만큼 컸다.

그러는 동안 발은 삽시간에 부어올랐다. 형체를 알아볼 수 없을 만큼 발이 부풀고 디디고 일어나는 것은 아예 불가능한 상황이었다. 그렇게 돌아오지 않는 외침이 십 분가량 이어졌을까. 일 층에서 누가 건물로 들어왔는지 계단에 불이 켜지기 시작했다. 나를 도와줄 사람이 생겼다는 마음에 "저기요. 저기요" 하고 아래 계단을 올라오는 사람을 다급히 불렀다. 그리고 마침 돌아 올라오는 그 사람은 다름 아닌 아빠였다. 오늘 저녁 내 자취방에 들른다는 연락도 없었는데, 아빠가 왜 대체 여기서 나오지? 아빠가 갑자기 왜? 하는 혼란스러움만이 전부였다.

아빠는 그냥 퇴근하고 집에 들어가시는 길에 밥은 먹고 사는가, 얼굴도 볼 겸 궁금해서 들렀다고 했다. 그날따라 그냥 왠지 그러고 싶어서 하는 일들이 이끄는 이유가 이런 것들이라면 마치 누가 조작하여 만든 상황처럼 얼마나 경이로운가. 나는 한숨 놓았다. 이제 아빠가 왔으니 빨리 병원을 가봐야겠다고 생각했는데, 무뚝뚝한 경상도 남자인 아빠로 인해 또 다른 장면이 펼쳐졌다.

"엄살 부리지 말고 일어나라, 빨리. 이기 뭐고 대체. 음식물쓰레기 통은 또 뭐고!"

아빠는 한 차례 호통을 치시더니 계단 옆에 놓여있던 음식물 쓰레기를 말없이 들고 먼저 홀라당 내려 가버리셨다. '엄살이라니, 발목이 반이 돌아가 버렸는데.' 하고 한참 내려가지 않고 아빠를 다시 부르니 아빠는 나를 부축하여 우선 차에 태웠다. 그리고 발을 슥 보시더니 아주 익숙한 길을 따라 병원이 아닌 본가로 향했다.

"그냥 접지른거구만. 괜찮다. 내일 되면 낫는다마."

내일 되면 낫는다고 하기엔 발은 점점 검은색이 되어갔다. 아마 실핏줄이 다 터져버린 모양이다. 검고 울퉁불퉁하게 커져 가는 발을 계속 보면서 고통은 말도 없이 커져 갔다. 그제야 아빠는 "옷 입어라. 병원 가자."라고 말했고 시각은 밤 10시가 다 되어가고 있었다.

응급실이 있는 커다란 정형외과로 향했고 당직 선생님이 급하게 초음파를 보시더니 뼈에 문제는 없는 것 같은데 오히려 인대가 터지고 끊어져 버려서 최대한 빠르게 수술이 필요하다고 하셨다. 인대는 마치 모차렐라 치즈와 같은 성질이라 잘 늘어나기도 하지만 끊어져 버리면 그 상태로 수축하고 굳어버린다고 했다. 그러니 터져버린 양쪽을 잡고 다시 봉합하는 수술을 신속히 진행해야 한다고 하셨다. 무서웠다. 모차렐라 치즈라니, 굳어 버린다니.

계단에서 도와달라며 울부짖은 시간과 집에 도착하여 엄살이라며 두고 보자는 부모님의 판단 미스의 상황이 야속했지만 바로 병원에 입원하여 아침 일찍 수술을 하면서 그렇게 불의의 사고는 일단락되었다. 물론 수술 후 마취가 깨면서 도마 위에 누가 내 발목을 칼로 썰어대는 것 같은 고통과 두 달 가까이 목발을 짚고 다니며 온갖 불편한 생활을 해야 하는 것으로 대가를 치렀다. 대가라면 무엇에 대한 대가일까. 사고와 불행은 불가피하게 일어난다. 예측할 수 있었다면 그것은 애초에 사고가 아닐 것이다. 예상 가능했던 일이 잘못되었을 때 우리는 그것을 실수라고 부르니까 말이다.

'좀 조심하지. 왜 계단을 못 봤니. 좀 천천히 다니지.'와 같은 말에 대한 대가라고 여겼다. 하지만 불의의 사고를 당한 사람들에게 그 얼마나 잔인한 말인가. 명백한 사고임에도 너의 실수라며 스스로나 타인을 괴롭게 하는 경우를 마주한다. 이미 일어난 일에 대해 스스로 가책을 느끼도록 만드는 건 너무도 가혹하다. 일어날 일이 일어났던 것이다. 그리고 그다음을 생각해 본다면 나의 대처와 사람들의 대처를 함께 들여다보는 것이다.

저녁 여덟 시의 대학가 원룸 계단에서 일어날 수 있는 일에 대해서, 사람들이 상상하는 그 모든 일에 대해서, 그리고 그 상상 안에서 내가 할 수 있는 선택지에 대해서 말이다. 내가 202호 주민이었다면 나는 찢어지는 비명을 듣고 어떻게 할 수 있었을까. 용기 내어 문을 열고 나갈 수 있었을까. 서글프게도 그런 상황에서 내가 사람들을 밖으로 불러 도움받기 위해서 큰 소리로 외쳤어야 했던 말은 이것이었다.

"불났어요! 모두 대피하세요! 불났어요!"

○
맞춤법 퀴즈!

국어교육과를 졸업했다거나, 작가를 업으로 삼고 있다고 하면 꼭 한 번쯤은 들어본 말이 있습니다. "헉! 맞춤법 조심해 야겠다. 맞춤법에 혹시 많이 예민하세요?" 그럼 배시시 웃으며 말해요. "에이~ 뜻만 잘 통하면 됐죠. 크게 중요한가요 뭐~ 저 희 부모님도, 할머니 할아버지도 엄청 틀리시는 걸요."

언젠가 한 번 썼던 글도 있어요. 잘 배운 사람을 좋아하는 데 그건 맞춤법이 완벽하거나 대단한 언어를 구사하는 사람이 아니라는 내용의 것이었는데요. 그만큼 이제는 맞춤법 하나로 상대방의 인품이나 내면을 판단할 수 없다고 생각해요. 물론 맞춤법이 그 사람의 지식수준, 학업성취도쯤은 객관적인 지표 로서 알려줄 수도 있겠지요. 사람과 사람 사이에 만나서 마음을 나누고 좋은 언니 동생 사이가 되거나 친구가 됨에 있어 그리 중요하지 않다는 걸 알게 되었다는 건데요. 그런데 처음부터 이렇게 생각하지는 않았습니다.

치기 어리고 알량한 지식 뽐내기에 취해있었던 대학 시절은 그 맞춤법 하나가 사람 마음을 좌지우지했었는데요. 대학교 2학년 때는 맞춤법 때문에 소개팅을 무른 적도 있었습니다. 친구에게 소개받기로는 이름 있는 4년제 대학교에 공부도 잘하는 분이라고 들었는데 만나기 전 나눈 메시지에서 '앗, 이분은 뵙기도 전에 매력이 없으시군.' 하며 아주 건방지게 뵙지 않기로 핑계를 대며 취소했었는데요. 그 대화는 이랬습니다.

[안녕하세요. 슬기 친구 손현녕이라고 합니다.]
[아, 네. 안녕하세요. 저는 김성호라고 해요.]
[네, 반가워요. 대구에 살고 계신다고 들었어요.]
[맞아요. 현녕씨는 월래 부산 사람이세요?]

(...워...월래?)

얼른 두 눈을 굴려 자비로운 마음으로 자판을 살펴보았어요. 혹시 자음 ㄴ과 ㄹ이 붙어 있어서 오타를 치신 것은 아닐까? 아쉽게도 ㄴ과 ㄹ은 한 칸이나 떨어져 있었어요. ㄴ과 ㄹ 사이의 간격만큼 저는 얼굴도 한 번 뵙지 않고 인사말만 주고받은 그에게서 왠지 매울 수 없는 간극을 느꼈습니다. 그리고 갑자기 어떤 시험을 준비하게 되어 바쁠 것 같다며 어설프게 도망을 쳤어요. 당시 제 생각이 얼마나 생각이 어렸는지 몰라요. 한 편으론 부모님이나 친구가 맞춤법을 틀리는 것과 이성적으로 호감을 느낄 상대가 틀리는 것은 엄연히 다른 거라 할 수도 있어요. 어쨌든 뇌가 섹시한 남자에게 끌리는 사람들에게 깔끔하고 적확한 맞춤법은 큰 매력 포인트가 될 수 있으니까요.

그렇게 맞춤법에 목을 매던 국어 강사이자 작가에게는 또 다른 시련이 닥쳤어요. 이것은 현명하지 못한 대처방식으로 인해 상대를 민망하게 만들어 또 파투가 났던 일입니다. 간질간질하게 썸을 타던 남성이 있었어요. 그는 정말 말도 안 되는 맞춤법을 빈번하게 틀렸는데, (맞춤법을 자꾸 틀림에도 메시지를 주고받고 썸까지 탔다는 것에는 굉장한 발전이 있었다는 것을 알아주면 좋겠습니다) 그가 보통 틀렸던 맞춤법은 이런 것이었습니다.

[오빠, 저녁 뭐 먹었어요?]

[네, 낙지 먹었어요. 현녕씨는 저녁 뭐 먹었는지 궁굼해요.]

(... 설마 낙지를 낚시로 낚아 올려서 낚지라고 하는 걸까? 궁굼은 뭘까.)

틀린 맞춤법이 꽤 신경은 쓰였지만 그럼에도 그의 다정함과 따뜻한 내면에 반하여 자꾸만 그를 궁금해했던 걸 보면 맞춤법은 그렇게까지 관계 형성에 중요한 부분은 아니었던 듯해요. 하지만 결정적인 제 실수는 우리 관계를 구렁텅이로 빠뜨렸는데요. 그가 저에게 마음을 담은 손 편지를 무려 세 장이나 써주었는데 감동적인 이야기에 눈시울이 붉어질라치면 자꾸 말도 안 되게 틀린 맞춤법들이 까꿍 나타나 울음을 밀어 넣게 되었어요. 이제는 모른 척할 수 없어 말씀을 드려야겠다고 다짐했지요.

[이 편지를 건내요. / 어면히 달라요. / 마음을 줄개요.]그는 흔쾌히 맞춤법을 고쳐 달라고 말했고 제 안의 선생님 DNA가 신나서 미쳐 날뛴 나머지 빨간색 볼펜을 들고 편지지에다

죽- 죽- 줄을 그어가며 맞춤법을 고쳐드렸어요. 얼마나 진심을 꾹꾹 담아 쓴 편지였을까요. 거기에 진심은 뒤로한 채 빨간 볼펜으로 맞춤법이나 고치고 있는 맞은 편 여성에게 얼마나 또 정이 떨어졌을까요. 사과와 인정은 빠를수록 좋습니다. 저는 날 뛰던 선생님 DNA가 가라앉자마자 사태의 심각성을 알고 사과를 전했어요. 그는 괜찮다고 했지만 서서히 우리는 멀어졌지요. 이날의 시간들은 여전히 뼈아프게 반성하게 합니다.

이만큼씩이나 맞춤법이 사람을 가늠하는 데에 중요한 척도인 적이 있던 저에게 문득 재밌는 생각 하나가 떠올랐어요. 그때는 심지어 전공과목으로 문법 교육학 / 음운론과 같은 우리말의 올바른 표기와 발음법에 대해 배우고 있을 때였는데요. (얼마나 또 심취해 있었겠어요)

그날은 사이시옷 표기법에 대해 수업을 들은 저녁이었어요. 학과 동기와 동네 맥줏집에서 술을 마시면서 그날 배운 사이시옷에 대해 이야기가 나온 거예요. 평소에 말로는 편하게 발음하지만 표기할 때 헷갈리는 것들에 대한 이야기였어요. 처음 배운 원리나 내용이라 저희도 꽤 신기해했는데 다른 사람들에게 퀴즈를 내보면 재밌겠다고 생각한 거예요.

마침 맥줏집 티슈가 앞에 있었고 저희는 가방 안의 볼펜을 꺼내 들었어요. 그리고 그 티슈에 몇 가지 퀴즈를 써 내려 갔어요.

<맞춤법 퀴즈!>

1. 아래 보기 중 맞는 표기를 고르시오.

(1) 뒤풀이 / 뒷풀이
(2) 순대국 / 순댓국
(3) 빨래방 / 빨랫방
(4) 맥주집 / 맥줏집
(5) 대가 / 댓가
(6) 아래층 / 아랫층

위 정답을 아시는 분은 010-1234-5678로 문자를 보내주세요.

맞히시는 분께 어마어마한 상품이!

신나게 휘갈겨 쓴 퀴즈 티슈를 벽 한편에 사람들이 방명록으로 붙여놓은 티슈 사이에 포개어 붙여놓았지요. 그러고는 그런 사실조차 잊고 지내던 어느 날, 불쑥 이런 메시지가 왔어요.

[뒤풀이/ 순댓국/ 빨래방/ 맥줏집/ 대가/ 아래층 정답 맞나요? 상품은 무엇인가요?]

엥? 이게 갑자기 뭐야? 불현듯 한 달 전 친구와의 장난이 떠올라 한참 웃으며 즐거워했답니다. (상품은 축하와 응원의 메시지라며 둘러대고 급히 인사하며 마무리했던 기억이 납니다.) 어쩔 수 없이 언어로 많은 것을 읽고 쓰고 나누다 보니 바른 표기와 발음에 애쓰는 것은 사실입니다. 그러려고 노력하기보다는 예민하게 받아들이는 부분도 없지 않아 있는 것 같아요. 하지만 그건 제가 사용하는 언어 안에서의 이야기지, 남에게 강요하거나 원하지 않는 피드백을 주는 것은 또 다른 폭력일 거라는 생각이 들어요. 물론 호감으로 작용할 수 있겠으나, 그 하나로 사람을 더 알기 전에 판단하려 들지는 말아야겠다고 자주 생각합니다. 여러분은 어떠신가요. 맞춤법에 대개 예민하신 편이실까요. 저처럼 맞춤법으로 이성에게 애정이 확 식은 적도 있으실지요. 저는 그러지 말자고 이렇게 말하면서도 학교에서 아이들을 가르치는 국어 시간에 꼭 한 번 이야기 합니다.

"얘들아, 너희가 좋아하는 친구랑 카톡 할 때 맞춤법 틀리면 부끄럽잖아. 그러니까 우리 책 많이 읽고 바르게 쓰려고 노력하자. 알았지?"

○

你有男朋友吗? 上

(남자친구 있어요?)

저는 중국어를 좋아했습니다. 소리 낼 때의 그 오르락내리락하는 성조가 마치 놀이기구를 타는 것처럼 말을 뱉는 것만으로도 즐거웠어요. 그래서 오로지 흥미만의 이유로 중국어 학원을 다니기 시작했어요. 그때 제 나이는 스물둘이었지요. 취업의 목적이나 자격증 시험을 위해 다닌 것이 아니라 그런지 매일 중국어 학원을 나서는 길이 그렇게나 좋았답니다.

저는 기초 회화반부터 수강을 했는데, 그 반에는 저와 늘 함께 다니는 우리 아버지와 회사원 한 분, 고등학생 한 명, 대학생 한 명이 있었습니다. 아버지는 중국에서 정착하신 작은아버지, 그러니까 당신의 남동생을 보시며 중국어에 호기심을 가지셨어요. 그래서 우리 부녀는 퇴근 시간에 꼭 팔짱을 끼고 단짝친구처럼 학원에 다녔지요. 그리고 다른 수강생분들과 기초 회화반부터 시작해 중급자 반까지 어느 한 명도 탈락 없이 5명은 함께 6개월 이상 같은 수업을 들었어요.

회화 수업이다 보니 계속해서 내 직업은 무엇이고, 우리 가족은 몇 명이고, 주말에 뭘 먹었는지까지 사소한 사생활이 수업의 좋은 재료가 되었어요. 그러니 더욱 서로 친근감을 느꼈는지도 몰라요. 우리 반의 대학생과 고등학생 친구들은 아주 어릴 때 중국에서 살다 와 지금은 언어를 많이 잊어버려 처음부터 다시 배우고 있다고 했고, 직장인이었던 그 남자는 회사에서 중국과 일을 시작하게 되었는데 도움이 될까 배우게 됐다고 했어요. 대충 나이와 직업까지 신상을 공유한 사이까지 되었지요.

여느 날과 같이 학원에 갈 시간이 다 되었는데 아버지께서 차가 많이 막혀 오늘은 수업에 참석하기 어렵다고 연락이 왔어요. 종종 그렇게 혼자 수업을 들어간 날이 있었지만 그날은 왠지 빈 아빠의 자리가 서운하게 느껴졌습니다. 그 서운함을 눈치챈 것인지 수업이 끝나고 회사원 오빠가 저를 따라붙었어요.

"오늘은 아버지 못 오셨나 봐요."

"네. 퇴근이 늦으셨대요."

"그렇구나. 혹시 내일 저녁은 뭐해요?"

"글쎄요, 왜 그러세요?"

"아니, 괜찮으면 밥 먹자요 맛있는 양꼬치 집 알아요. 원어민 선생님이 알려주셨는데 같이 가 봐요. 우리."

"음, 생각해 볼게요."

그 회사원은 저보다 아홉 살이 많았어요. 중국어로 자기소개를 하는 시간에 서른한 살이라고 했거든요. (제가 중국어를 잘 알아들었던 게 맞다면 말이죠!) 스물 둘에게 서른 살이 넘는 남자는 오빠가 아니라 삼촌이라고 불러야 할까 잠시 고민하게 하는 애매한 나이였답니다. 회사원 오... 삼촌과 밥을 먹기로 하고 다음 날 양꼬치 집에서 우리는 만났어요. 그래도 몇 개월을 같이 수업 들은 사이라 그런지 크게 어색함 없이 식사를 마쳤지요. 그리고 오... 삼촌은 저를 집 앞까지 데려다주었는데요. 주변 남자 친구들을 포함해 모두가 뚜벅이인 세상에서 누가 차로 저를 태워다 주니 그것이 또 한 번 매력 포인트가 되었답니다. '오, 이 사람은 정말 어른이군!'

집에 도착해 차에서 내리려는데 중국어로 끝인사를 하자고 하더라구요. 그래서 再见 짜이찌엔-(잘 가), 明天见 밍티엔찌엔 (내일 만나자), 晚安 완안(잘 자) 이런 간단한 이야기를 하고 있는데, 갑자기 그 오빠가 중국어로 말했어요.

"我有一个问题" (나 질문이 하나 있어요)
"什么啊 ?" (뭔데요?)
"你有男朋友吗 ?" (남자친구 있어요?)
"没有啊" (아니요)
"真的吗 ? 好的, 晚安。拜拜!" (정말요? 좋아요. 잘 자요. 안녕!)

다음 날 학원에서 만난 그 오빠와는 더욱 친밀해진 기분을 느꼈어요. 더 이상 오..삼촌이 아니라 이제 오빠라고 부를 수 있을 정도로 친구가 되었지요. 같이 영화도 보고 그분이 연차를 쓴 날에는 제가 학교 마치고 교외로 드라이브를 가기도 하고요. 잠시지만 썸인 듯 썸 아닌 그런 시간이었지요. 이상한 의문점이 들기 시작한 건 우리가 그렇게 친해지고 얼마 안 가서였어요.

그 오빠는 연락을 잘 주고받다가도 저녁 7~8시 이후가 되면 연락이 끊겼고, 주말에는 아예 연락이 안 되고 얼굴을 볼 수조차 없었어요. 처음에는 자기가 독실한 크리스천이라 주말마다 토요일 예배, 일요일 예배를 가족끼리 다 함께 드리고 있어서 연락이 어려웠다고 했는데 평일에도 학원에서 보는 시간 또는 퇴근 이후 시간에 연락이 딱 끊기는 것을 보고 합리적인 의심을 하기 시작했어요.

이 삼촌은 유부남일 수도 있겠다. (오빠에서 다시 삼촌 됨)

본인이 유부남인 걸 속이고 이렇게 어린 대학생을 꼬드겨 밥을 먹고 연애 놀이를 하려고 하다니, 그건 정말 파렴치한 일이라는 생각이 들었어요. 물론 심증만 있고 물증이 없어서 그리고 우리가 그렇다 할 사이가 아니기 때문에 직접적으로 비난을 하고 나설 수는 없었지요.

그러던 중, 회사에서 매주 주어지는 가정의 날이 수요일인데 그날은 정장도 입지 않고 캐주얼하게 사복을 입고 조금 일찍 퇴근을 했다고 저를 찾아왔는데요. 그의 차 안에는 직접 자기가 만들었다는 유부초밥이 있었어요. 물론 젓가락도 하나.

거기서 저는 또 한 번 의심을 했지요. '혹시 부인이 남편 먹으라고 만들어준 건데, 지금 자기가 만들었다고 거짓말하는 거 아니야? 나랑 같이 먹으려고 가져왔으면 적어도 젓가락이 두 개여야 하지 않을까! 굳이 또 일 인분만 만든 건 뭐람? 정말 수상하다! 수상해!' 그래서 그날은 유부초밥을 앞에 두고 대놓고 물어봤어요.

"오빠, 혹시 유부남이에요?"

○

你有男朋友吗? 下

(남자친구 있어요?)

그가 가져온 유부초밥은 한 김 식었지만 달짝지근하고 새콤한 것이 입맛에 잘 맞았습니다. 운전대 위에 올려놓은 손이 어딘지 모르게 요리는 단 한 번도 안 해봤을 것으로 추정되면서 대체 이 맛있는 유부초밥은 누가 만들었을까? 심증에 심증만 더 하고 있었어요. (요리를 잘할 것 같은 손 모양이 따로 있는 게 아니라 그냥 이 모든 상황을 의심 중. 이 남자가 손가락이 다섯 개네? 그럼 왠지 유부남일 것이야. 이 남자가 오늘 파란색 옷을 입었군? 그렇다면! 유부남일 것이야...! 주말에 연기처럼 사라지는 것과 1인분 유부초밥에 젓가락이 하나인 것에 꽂혀 말도 안 되는 탐정 놀이에 심취함)

그리고 제가 참지 못해 물어본 거예요. "오빠, 혹시 유부남이에요?" 지금 돌아보면 스물둘이라 물을 수 있었다고 생각합니다. 서른둘이 넘은 저에게 지금 같은 상황이 펼쳐진다면 저는 똥인지 된장인지 찍어 먹기 전에 '윽! 이거 똥일 수도!'하며 뒤돌아 멀리 도망갔을 거예요. 순수하다고 할 수 있을지, 삶의 경험이 덜 축적되어 뭐든 부딪히고 다니며 배울 시기라 그랬는지 저는 그렇게 이 사람이 똥인지 된장인지를 확인하려 물었습니다.

보통 대답이라는 게 그렇습니다. "밥 먹었어?"라고 물으면 "응" 또는 "아니"라고 대답하는 것이 일반적인데 "그건 왜?"라고 되물어 답을 하는 경우가 있지요. 경계심을 한가득 가지고 질문을 순수하게 받아들이지 못하거나, 스스로 양심의 가책을 느끼는 경우 등 딴 궁리할 때 '예 또는 아니오'의 그 쉬운 대답조차 못 하는 것 아니겠습니까. 당신 유부남이냐는 질문에 그 남자는 "그건 왜?"라고 뻔뻔하게 흔들리는 눈동자로 저를 쳐다봤습니다.

'왜냐니 인간아.'라고 소리를 지르고 싶었지만 한숨 참아내고 그간 제가 의심이 갔던 모든 정황에 대해 이야기를 꺼내보았어요.

"오빠 회사 퇴근하는 시간 이후부터 다음 날 아침까지 아예 연락이 안 되는 것도 조금 이상했고요. 아, 회식할 때는 또 연락 가능하셨는데 댁에 가시면 안 되는 게 저는 정말 이상했어요. 그리고 주말은 아예 연기처럼 사라져 버리시잖아요. 회사에 근무하실 때랑 저희 중국어 학원 수업 때 말고는 그냥 휴대폰 꺼지듯 사라지는 게 저는 납득이 안 가서 긴가민가했는데 오늘 이 유부초밥을 보고 사실 하늘에서 복선을 암시하는 건가 싶었어요. 하필 '유부'초밥인 것도 웃기고요. 저랑 먹으려고 싸오셨다면서 1인분인 게 너무 재밌잖아요. 게다가 젓가락도 하나라니. 제가 너무 혼자 소설을 쓰는 거예요 오빠? 게다가 아니면 아닌 거지 그건 왜 묻냐는 질문도 저는 좀 그래요. 이 상황이 너무 재밌어요, 오빠."

제가 재밌다고 하니 진짜 이게 재밌는 줄 알고 히죽히죽 웃어 보이던 그 사람. '그런 거 아니야~'라며 상황을 대강 무마하고 저를 집 앞에 데려다주고는 꽁지 빠지게 도망가듯 사라져버렸습니다. 그리고 다음 날은 중국어 수업이 있는 날이었어요. 어차피 연락이야 원래 잘 안됐던 사람이니 그러려니 했지만 중국어 수업에 오면 혹시 내가 너무 말이 심했나, 정말 유부남이 아니라면 실례를 범한 것이 아닐까. 너무 당돌하게 허를 찔렀나 하는 마음도 들어 얼굴을 보고 이야기하고 싶었어요. 그래서 그날은 수업이 끝나면 약속이 있다고 아빠를 먼저 집에 가시라고 말씀드리려고 했지요.

그런데 결국 그 사람은 나타나지 않았어요. 한 달이 지나도 중국어 학원에서 마주치는 일은 없었답니다. 팩트 폭력배에게 후드려 맞아 상처가 너무 컸던 걸까요? 아니면 정체가 들통나 더 이상 나타나기 부끄러워서였을까요? 그렇게 요상하고 어이없는 일이 가타부타 명확한 결론도 나지 않은 채 찜찜하게 지나가고 있었습니다.

언제나, 늘 그렇듯. 시간이 지나면 많은 일이 옅어지듯 그 사람과 있었던 일 역시 기억 속에서 흐려져 가고 있었어요. 그 일이 있고 일 년쯤 지났을까요. 저는 아빠와 여전히 중국어 학원을 열심히 다녔고, 대학 생활도 나름 최선을 다하고 있었습니다. 집에서 학교까지는 지하철을 타고 이동했는데 스물셋의 시간표에는 1교시 9시 수업이 많아 거의 매일을 직장인 출근 시간이 겹쳐 지하철을 타야 했어요.

월요일이었을 거예요. 정신없이 챙겨 나와 지하철 승강장까지 종종걸음으로 바삐 걸어가는데 그 많은 사람 틈에서 맞은편에 걸어오는 검은 정장이 눈에 확 들어왔어요. 알고 지내는 사람은 슬쩍 지나가는 실루엣만으로도 우리는 알아차릴 수 있는 능력이 있으니까요. 게다가 저는 안면을 구분하는 눈썰미가 좋은 편이라 금세 그 사람이 누군지 알아차릴 수 있었어요. 유부초밥! 그 사람이었어요. 우리 동네 주민인 건 알았지만 보통 그 사람은 자차를 타고 다니니 뚜벅이인 저와 겹칠 일이 없었고 그가 중국어 수업도 더 이상 듣지 않으니 마주칠 일이 없었던 거지요. 그런데 그날은 그 사람이 대중교통으로 출근을 하는 것 같았어요.

분명 우리는 눈이 마주쳤어요. 그는 애써 아는 척을 하지 말았으면 하는 눈빛이었어요. 왜냐하면 그의 옆에는 그 나이 언저리로 보이는 여성분이 함께 팔짱을 끼고 서 있었으니까요. 누가 봐도 공부하는 대학생 차림의 저와 회사에 출근하는 정장을 차려입고 서 있는 커플의 모습은 섞일 수 없는 다른 무리의 사람들 같이 느껴졌어요. 나이대도, 하는 일도 그 모든 면에서요. 그런 이상한 기분은 아주 잠시였고 이후 처음 느껴보는 묘한 해방감과 승리감이 들었습니다. 그게 그날 하루 종일 기분을 즐겁게 만들었어요.

'그래! 정말 유부남이 맞았을 수도 있겠다.'

사실은 알 수 없잖아요. 그 여성분이 부인이 아니라 여자 친구일 수도 있는 거잖아요. 그런데 저는 맞은편에서 서서 저와 눈을 마주치자마자 당황한 눈빛으로 시선을 어디 둬야 할지 몰라 하는 그 사람을 보고 나름의 확신을 가질 수 있었어요. '잡았다 요놈! 진짜 그랬던 거구나!' 이 역시 심증만으로 섣불리 판단했지만 그 묘한 해방감에 취해서 그만 그 사람을 혼자 단정 지어 버리는 단계까지 가버렸습니다.

"자기야! 이제 출근해? 어머 이 팔짱 낀 여자는 누구야?"

지금 서른이 훌쩍 넘어 적당한 철판을 얼굴에 깔고 적잖이 능글맞아진 저는 그 부부 앞에 가서 이렇게 말했을 거예요. '자기야!'라는 부름에 어떤 반응을 보일지 궁금해하면서 말이에요. 물론 스물둘의 저는 그런 상상조차 못 했지만요.

그리고는 꽤 씁쓸했어요. 신뢰를 바탕으로 함께 쌓아가야 하는 벽이 있을 텐데 누군가의 거짓으로 벽돌 하나하나 빠지고 있는 것도 모른 채 아슬아슬하게 유지되고 있다면 그 상대방은 얼마나 마음이 아플까 하고요. 그리고 내가 그런 상황에 놓이게 될지도 모르는데 그렇다면 나는 어떻게 상대를 신뢰할 수 있을까에 대한 걱정까지도요.

어떤 사람을 신뢰할 수 있을까. 나의 사랑과 신뢰를 무한히 줄 수 있는 사람을 잘 골라야 한다는 가르침을 주기 위해 그 유부초밥 남자가 스쳐 간 것은 아닐까 합니다. 정말 반전이 있다면 '그 사람은 유부남이 아니었고 사실 아무도 속이지 않았으며 누구도 다친 사람이 없었다.'라고 끝나면 좋았을 텐데 말이에요.

같은 동네에 사는 사람을 속인 것이 그에게 허점이라면 허점이었을까요. 그렇게 마주친 뒤로 1년이 또 지나 임용고시 준비에 여념이 없었을 때 우연히 동네에서 그 유부초밥 남자를 마주쳤습니다. 그는 단란한 세 가족이 되었고 유모차를 끌고 지나가는 걸 보고 저는 '하하' 실소를 지을 수밖에 없었습니다.

이제는 똥인지 된장인지 찍어 먹지 않습니다. 그리고 긴가민가하게 스스로 의심하도록 만드는 것부터가 이상하다는 걸 압니다. 누군가 당신을 헷갈리게 하나요? 그럼 도망가세요! 그건 아마도 똥일 거예요!

(라고 말하며 아직도 똥과 된장을 잘 구분 못하는 손현녕)

○
미루는 마음

일을 미루는 마음은 완벽하게 하고자 하는 마음에서 기인한다고 한다. 잘하기 위해서 궁리하느라, 일단 미루고, 미루고 미루는 마음. 그냥 우선 시작을 하면 거기서 또 수정을 거쳐서 더 좋은 결과가 나올 수 있는데 아무것도 하지 않았으니 결국은 마음의 부채만 자꾸만 커져 간다. 불편하고 견디지 못할 불안감도 엄습해온다.

진환은 나에게 20:80 법칙을 말했다. 주어진 시간의 20%에 해야 할 분량의 80%를 해낸다는 말인데, 나는 평생 내가 해야 할 일의 대부분을 그 법칙에 적용해왔다. 끝까지 미뤄뒀다가 더 이상 미루면 내 인생이 망가지겠다 싶을 때쯤 몸을 움직였다. 극한으로 나를 모는 것에 재미를 붙이는 변태스러운 마음이 내 안에 있는지도 모른다.

이제는 잘하기 위해서 미루는 게 정말 맞을까? 하는 마음도 든다. 그냥 정말 이 순간은 하기 싫어서, 지구가 끝나버린다고 해도 지금 당장은 하기 싫고 또 믿는 구석이 있어서 미루는 것은 아닐까. 어차피 결과물이 어떻든 간에 나라는 인간은 결국 만들어내긴 하니까. 일단 내일의 나에게 미루자. 하는 그 고약한 심보 말이다.

그래서 지금의 나는 늘 '미안합니다'를 입에 달고 산다. 재깍재깍 답을 하지 못해 죄송하다는 말, 빨리빨리 일 처리를 해드리지 못해서 죄송하다는 말. 그리고 순간의 쾌락을 즐기느라 제때 건강을 챙기지 못해서 미안하다는 스스로에게 하는 말.

새해에는 시간과의 줄다리기를 그만하고 싶다. 원할 때만 당겨대고 원하지 않을 때는 밀어내는 고약한 습관 때문에 잃어버린 것들이 많지 않았나. 또는 그런 삶의 방식을 그대로 받아들이고 잃어버린 것들에 대해 더 이상 아쉬워하지 않는 것도 방법이겠지. 결국은 마음가짐에 대한 이야기, 그리고 그것들은 행동으로 옮겨져야 할 것들에 대한 이야기로 이어진다.

'미뤄도 괜찮아.'라고 해야 할까. '미루면 더 이상 안 된다. 너 언제까지 그렇게 미룰래? 이제 생각하기 전에 몸부터 움직이는 연습 하자.'라는 매운맛으로 나를 다그쳐야 할까. 실은 미리 한다고 해서 미뤘다가 해내는 것보다 더 결과물이 좋을 거라는 생각은 하지 않는다. 20:80의 법칙처럼 극한에 몰려야 상상 이상의 능력을 발휘하니까. 그런데 미루지 않으면 그래도 재깍해야 할 일을 했다는 그 자체만으로 스스로 자신감을 가질 수 있어서, 결과를 산다기보다 매일 무언가 행함으로써 얻는 성취감을 사는 거라는 점에서는 훨씬 좋은 일일 것이다.

습관은 관성을 이겨내는 것이라 다시 돌아가지 않으려 부단히 애쓰는 노력을 만드는 일이다. 다이어트에 성공한 사람이 그 몸무게로 1년은 보내야 요요의 위험에서 빠져나올 수 있다고 하니까. 이 미루는 습관 역시 부지런해지기 위해서는 1년의 시간을 해야 할 것은 제시간에 해보는 것으로 다 잡아보는 건 어떨까. 다가오는 새해에는 미루기보다 당기면서 살면 살고 싶다.

○
소라게 집 찾기

　"작가님 어디서 활동하세요?" 또는 "작가님, 살고 계신 곳
이 혹시 어디세요? 서울이시죠?"

　당연히 내가 서울에 살 거라 생각하고 물어오는 질문들이
많았다. 서울이 아니라면 제주도에 살고 있을 거라 추측하는
분도 계셨다. 그건 아마 두 번째 책인 <나는 당신을 편애합니
다>를 읽고 말씀하신 걸지도 모르겠다. 직업마다 가진 거주하
는 곳에 대한 이미지라는 것이 있을까? 아무래도 문화 예술 분
야의 일은 가장 유행에 민감하고 시류를 잘 읽어야 하는 수도
권에 집중되어 있으니 그렇게 추측할 만도 한 것이다.

　거짓을 조금 보태어 그런 추측에 부응하고자 서울 이주에

대한 관심을 갖기 시작했다. 단순히 "네! 저 서울 살아요!"에서 나아가 "그러니 우리 같이 일해 볼래요?"라는 대화로 이어졌으면 하는 바람이 컸다. 마침 지금 사는 집의 계약도 다 끝나가니 시기를 잘 맞추어 서울로의 이주를 계획을 현실화해보는 것도 좋겠다고 마음이 동하기 시작한 것이다. 서울에 대한 로망도 없지 않았다. 큰 기업이 없고 출산율이 최저인 도시 부산은 <노인과 바다>라는 오명을 갖고 있다. 그런 곳에 살면서 결혼 적령기를 관통하고 있는 나는 친구들과 입버릇처럼 말했다. '남자를 만나려면 서울을 가야 해 친구들아 ~~!' (부산에 사는 것이 문제가 아니라는 걸 우리는 다 알고 있다)

그래서 큰마음을 먹은 것이다. 서울로 일을 하러 갈 때마다 틈틈이 어느 동네가 좋을지 알아보고 '아, 망원동 정말 좋다!' 또는 '오! 잠실도 좋은데? 얼마지?' 가격을 보고는 좌절했다. '아! 역시 서울은 내가 올 곳이 아닌가!' 하고 욕심을 잠시 내려두는데 사실 금액은 핑계라는 걸 나는 안다.

"작가님! 그냥 서울로 오세요~ 여기서 수업도 많이 하시고 독자분들 가까이서 자주 뵙고 하면 좋지 않을까요?"

위의 질문을 들었을 때는 글을 쓰면서 알게 된 좋은 사람들의 대개가 서울에 살고 있어서 반대로 아는 사람이 계속 적어지는 부산에서 빨리 서울로 올라가고픈 마음도 컸다. 그런데 서울의 집값만 핑계로 대기에는 발품을 팔면 컨디션은 조금 떨어져도 부산과 비슷한 가격으로 구매할 수 있는 곳도 많았다. 정말 내 마음을 발목 잡고 있는 것은 무엇일까. 왜 나는 부산을 떠나지 못하는 걸까. 아니, 왜 이 소라게는 집을 바꾸기 싫어하는 걸까.

"아, 제가 지금 부산에서 받고 있는 상담이 있는데 좋은 기회로 하게 된 거라 이걸 관두고 올라갈 수가 없을 것 같아요."

자꾸 핑계를 만들어 부산을 떠나려 하지 않고 있다. 서울에 가면 더 많은 일을 할 수 있고 내가 좋아하는 사람들을 더 자주 만날 수 있음에도 익숙한 것에서 벗어나는 것이 두려운 것인지, 그다지 사이도 좋지 않고 가까우면 활활 타올라 서로를 애태우는 애증의 가족들과 분리되는 것이 두려운 것인지도 모르겠다.

상담 선생님은 그런 내 고민을 듣고 질문했다. "이 상담을 그만두고 서울에 가시면 어떠실 것 같아요?"

"그러게요. 선생님, 저는 왠지 상담하기 전으로 돌아가 버릴 것만 같아요. 제가 잘 할 수 있을까요?"

이건 진심이 아니었다. 그 이전으로 돌아가지 않을 것이란 걸 안다. 그리고 내가 걱정하는 큰일의 대부분은 실제 일어나지 않을 것이라는 것도 안다. 그리고 나는 나름 잘 적응해서 지낼 것이다. 힘들면 주변 친구들에게 도움도 요청하고 내가 주어진 조건에서 할 수 있는 일을 찾아 나설 것이라는 것도 안다. 그리고 서울과 지금 내 나이는 실패하기에 너무도 좋은 조건을 가지고 있다. 실패해도 좋은 곳이고, 실패해도 괜찮은 나이다. 나는 부양해야 할 가족도 없고 나 혼자 넘어져도 충분하니까. 그리고 서울에서 실패하면 분명 내가 얻어갈 수 있는 것들이 있으리라 생각한다. 그래, 그럼 가는 거다.

그럼에도 또 망설인다. 소라게는 어쩜 그리 탈피를 하고 새로운 집을 찾아 나설까. 더 크고 강해지기 위해 아픔을 참고 새로운 환경에 맞서는 그 작은 몸짓이 아무것도 못 한 채 망설이는 나에게 많은 것을 던져준다. 어떤 소라게는 탈피 후 자기 몸에 맞는 새집을 찾지 못해 살이 말라 죽어가기도 하는데 나에게 그런 일이 생길까 두려운 것이라면 잠시 자신의 집과 마음을 내어줄 사람들이 주변에 있다는 것을 잊지 말자. 괜찮다. 모두 그런대로 살아지고 살아간다. 이렇게 마음의 준비를 하다 어느 날 때가 되면 서울에 간 소라게가 될지도 모르니, 부산에서의 오늘을 또 만끽하는 것이다.

미우나
고우나
내 인생

초판 1쇄 발행 2023년 3월 10일

지은이 | 손현녕

펴낸이 | 손현녕
디자인 및 편집 | 김현경 @warmgrayandblue
일러스트 | 천사소현네티 @1004sohyunnatty

펴낸곳 | 반달눈
출판 등록 | 2021년 7월 14일 (제2021-000010호)
전자우편 | momentarymee@naver.com
인스타그램 | @momentary_me

ISBN 979-11-975465-3-2 (03810)